Conan o Bárbar:
Segunda Parte

Erika Sanders

Serie
Conan o Bárbar Vol. 5 ao 8

Sinopse

Coñece as mulleres da vida de Conan como nunca che dixeron antes...

Despois de novas aventuras e novos triunfos, Conan e o seu grupo regresan á cidade na que agora está a súa casa, Tarantia.

Volver faráche perder as aventuras? Ou será mellor do esperado?

Esta publicación contén os volumes 5 a 8:

5 - Yasimina

6 - Zula

7 - Cassandra

8 - Adriana

Nova serie baseada nas obras de Robert E. Howard.

(Todos os personaxes teñen 18 anos ou máis)

Nota sobre a autora:

Erika Sanders é unha coñecida escritora internacional, traducida a máis de vinte idiomas, que asina co seu apelido de solteira os seus escritos máis eróticos, lonxe da súa prosa habitual.

Índice:

CONAN O BÁRBAR
SEGUNDA PARTE
ERIKA SANDERS

CAPÍTULO V
YASIMINA

A tenda era moderadamente grande, pero aínda estaba dominada por moitos dos outros edificios do barrio.

As chapiteles e as cúpulas dos templos próximos sobresalían dos tellados próximos, o que lle daba a este barrio o seu carácter distintivo.

Mesmo as rúas estaban relativamente tranquilas, polo menos cando os cultos non comezaban nin remataban.

Este edificio, pois, aínda que mellor que moitos outros da cidade, aquí parecía case pouco descrito, os seus lisos muros de pedra e o seu cartel decorativo non eran máis impresionantes que moitos outros da rúa.

Conan e Yasimina estaban aquí para abastecerse de subministracións antes da súa próxima incursión no deserto.

Non había moita urxencia, xa que non tiñan pensado saír de novo durante polo menos un par de meses, pero nunca se sabía cando serían útiles as subministracións, nin sequera aquí na cidade.

A tenda, por suposto, dada a veciñanza, estaba especializada en bens relixiosos.

Este era principalmente o campo de especialización de Lady Yasimina, pero aínda era útil contar con outro membro do partido presente.

De feito, aínda que xa pasara antes pola tenda, en anteriores visitas a esta ocasión, nunca entrara.

Yasimina, ao parecer, era unha habitual, polo que claramente tiña sentido que deixara falar á dama.

Dentro, a tenda parecía un pouco menos discreta que na rúa.

Unha variedade de símbolos sagrados decoraban as paredes, e o longo mostrador albergaba unha serie de artigos variados, facendo que o lugar se parecese tanto a unha tenda de antigüidades como a calquera outra cousa.

Había rodas de oración, incensarios, frascos decorados e algúns elementos cuxa función Conan só podía adiviñar.

Evidentemente, pensou, non acudira a un amplo abano de oficios relixiosos.

Polo menos podía recoñecer a maioría dos símbolos da parede...

O home detrás do mostrador era de mediana idade e estaba ben vestido cunha bata azul mariño.

Ela saudou a Yasimina coma se fose unha vella amiga, e logo dixo pola porta de atrás da habitación que tiñan clientes; ao parecer tiña un empregado traballando nas costas.

"Que podo facer por vostede hoxe, miña señora?" Preguntou, volvéndose cara á señora.

"Estaba a buscar auga bendita", respondeu ela, "esgotamos todo o noso suministro na última viaxe e necesitaremos algo máis. E algunhas das túas pocións curativas, por suposto".

"De feito..." dixo o tendeiro, pero a atención de Conan quedou distraída da seguinte parte da conversa cando chegou o dependiente.

Que non era el senón ela.

Era unha muller nova, quizais a filla do tendeiro, probablemente non máis de dezaseis ou dezasete anos.

O seu cabelo negro estaba tirado cara atrás nunha cola de cabalo cun simple peche de prata, e os seus vivos ollos verdes movéronse entre os dous clientes; Conan sentiu que se demoraba máis tempo, pero quizais só porque era un novo visitante.

A súa complexión era suave e máis pálida que a do comerciante, con grandes beizos vermellos e unha boca moi sensual.

Sen pudor, e ignorando o ambiente relixioso que a tenda debería estar provocando, os ollos da guerreira percorreron o corpo da nova, valorando a súa figura.

Levaba un vestido verde escuro, o escote recortado xusto debaixo do pescozo e as mangas longas nos pulsos; O mostrador ocultaba as súas saias, pero el pensou que serían longas e pouco reveladoras.

Non obstante, a pesar diso, o vestido non podía ocultar a forma do seu corpo.

Tiña unha cintura estreita, unha faixa atada ao seu redor co símbolo da deusa do corazón e os seus brazos eran igualmente delgados.

Non obstante, onde a roupa fallara principalmente foi en disfrazar a forma dos seus peitos.

Eran altos e firmes, grandes en comparación co ancho da súa cintura; só unha roupa máis frouxa podería ocultar ese feito.

En xeral, Conan sentiu que ela estaba a perderse en relixión, e el preferiría vela en algo un pouco máis revelador.

Volveu a centrarse no asunto en cuestión.

O tendero estaba preparando unha variedade de botellas, e el e Yasimina discutían os prezos de varias opcións.

Polo que sabía, a dama non tería dificultade para conseguir auga bendita bendicida polos sacerdotes de Ymir, a súa deidade favorita e o deus da honra e da virtude marcial, no templo.

Pero ás veces era útil unha variedade de alternativas, e sempre había que considerar as pocións curativas, xunto con calquera outro elemento da relixión que puidese haber.

Despois de todo, había varios deuses, e supuxo que era prudente manter a todos satisfeitos sempre que fose posible.

Pero, aínda que as pocións curativas eran certamente interesantes, tivo que admitir que só dous dos deuses podían afirmar recibir oracións ou ofrendas del... ese era Crom na batalla e, probablemente, só Muriela, deusa do amor, era a quen. ... que o faría verdadeiramente satisfeito en paz.

De súpeto ocorréuselle un pensamento e, ao ver que o tendeiro estaba ocupado, volveuse cara ao axudante.

"Pregúntome se tes algún pequeno símbolo sagrado", preguntoulle, "algún tipo de colgante, quizais, non especialmente un dos grandes. Algo só decorativo?"

"Por suposto", respondeu ela, "temos unha ampla gama de xoias relixiosas".

"Que tal unha para a deusa Muriela?"

Era un membro moi venerado do panteón dos deuses; Despois de todo, era tratada educadamente polos outros templos, aínda que ás veces mantiñan a distancia.

O amor era unha parte importante e positiva do mundo, unha forza esencial no universo, algo que os outros deuses non quixeron nin puideron negar.

Aínda que sospeitaba que eran principalmente os sacerdotes dalgúns dos templos máis relixiosos os que desconfiaban das súas implicacións físicas, mesmo estes eloxiados conceptos como o romance e o matrimonio.

Os ollos da pequena abriron un pouco, pero a súa boca tornouse lixeiramente nun sorriso.

Polo menos non a ofendera.

"Si, si", dixo, "podo conseguir algo do almacén, se queres".

Deu a volta, logo detívose, coma se estivese reflexionando sobre algo, e logo deuse a volta.

"De feito, pode ser máis doado se viñes comigo, e podes escoller algo".

Notou un lixeiro rubor nas súas meixelas, e preguntouse que significaba.

Quizais estaba un pouco avergoñada polo recordo desa divindade en particular... ou quizais fose algo máis.

"Por que non?" Díxolle mirando cara a Lady Yasimina.

Evidentemente, escoitou parte da conversa, e asentiu, antes de volverse cara ao conxunto de botellas que tiña ante ela.

Preferiu pensar que vía un sorriso divertido e indulxente no seu rostro mentres o facía.

Non podía estar seguro de por que, xa que non había moito que puidese pasar no pouco tempo que era probable que estivesen na tenda e moito menos nunha tenda deste tipo.

"Eu son Jehnna, por certo", dixo a asistente mentres lle ensinaba a parte traseira da tenda, "e ti es?"

"Conan. Son un guerreiro".

"Isto explica por que non te vin antes. Pasas máis tempo no barrio dos gladiadores, entendo?"

"Si, supoño que si", admitiu. De feito, estivera alí mesmo onte, visitando os seus compañeiros de armas e as súas instalacións de adestramento. —¿É un negocio familiar, entón?

"Non, Dellos é só un amigo do meu pai, pero levo case dous anos traballando aquí. Sigo vivindo coa miña familia, pero agora mesmo están fóra, así que teño a casa para min".

El asentiu, sen saber que dicir a iso.

Camiñando detrás dela, notou a agradable curva das súas cadeiras.

Como el esperaba, a súa saia era longa, o dobladillo xusto por riba dos nocellos e as botas de coiro suave ocultaban ata a súa pel.

Aínda así, a forma do seu corpo era atractiva e tivo que devolver pola forza os seus pensamentos á compra.

Jehnna chegou a unha porta reforzada na parte traseira do taller e abriuna, revelando un espazo de almacenamento estreito máis aló.

A estancia era de pedra, como o resto do edificio, bordeada por un lado por estantes de madeira que chegaban ata o teito.

Os andeis estaban apilados con caixas e artigos diversos, que sobresaían o suficiente para deixar pouco espazo entre eles e a parede traseira.

"Déixame pensar...", dixo, "creo que están nun dos estantes superiores".

Subiu a unha escaleira que se movía en corredores polos andeis e levantou unha perna nun dos chanzos.

Mentres o facía, a saia subiu e ela, aparentemente distraída, enganchouna máis para liberar o movemento.

Ela esvarou cara atrás sobre o xeonllo levantado, revelando que as súas botas eran de lonxitude da pantorrilla, pero tamén mostraba algo de pel núa do xeonllo e da parte inferior da coxa.

As súas pernas eran delgadas e ben formadas, como o resto do seu corpo, a pel pálida, agás un pequeno lunar que agora podía ver no interior da súa coxa.

Conan tragou saliva, pero esta vez non apartou a vista.

"Ves algo que che gusta?" Ela preguntou, e agora estaba case seguro de que estaba a broma, xa que aínda non lle amosara ningunha xoia.

"Quizais", dixo, sen compromiso.

Quizais se Jehnna non estivese tan comprometida relixiosamente como os seus pais aparentemente pensaban... isto podería ser interesante.

"Non sei moito de Muriela", dixo, ao parecer aínda buscando entre as caixas, "que fas nos teus cultos?"

Ela resistiu a tentación de responder que non era o que podería pensar.

"Realmente non é tan diferente das outras divindades", dixo, "damos grazas pola xenerosidade da deusa, facemos sacrificios por obxectos fermosos. Pasan auga de rosas para a purificación, ese tipo de cousas".

Por suposto, as tertulias que ás veces seguen os servizos poden ser outra cousa, pensou en silencio, os seus ollos aínda tomando a forma das pernas e do corpo dela.

"Cres no amor por todos, non? Iso é un pouco raro para un aventureiro... ou non estás con Lady Yasimina?"

"A deusa ensina que o amor é o vínculo que mantén unido o universo, si. E Lady Yasimina é unha compañeira miña, pero non é unha adoradora. Supoño que non vai ben con ser unha dama. As mulleres encántanlle o poder do Ben, e teñen un amor polas súas comunidades, pero o canalizan en direccións diferentes ás dos seguidores de Muriela".

Non lle contestou a outra pregunta; O certo foi que formaba parte da súa identidade, non en contradición coa súa carreira aventureira, pero tampouco lle axudou moito nese aspecto.

Non tiña as inclinacións pacifistas necesarias para incorporarse ao sacerdocio da deusa.

"E que enderezos son eses?" preguntou ela, mentres collía unha caixa dun dos andeis máis altos e camiñaba de volta ao chan, coa saia caendolle de novo ao redor dos nocellos mentres o facía.

Conan non respondeu inmediatamente, pensando en como enmarcar a súa resposta.

Estaba coqueteando con el ou as preguntas eran realmente inocentes?

Se, como parecía probable, realmente era o primeiro, como de contundente podería permitirse a súa resposta?

Afortunadamente, había moitos aspectos da deusa.

"Cremos no amor romántico, ante todo. Promovemos o matrimonio, por suposto, sempre que sexa por amor, non por cartos ou progreso social. Pero non buscamos restrinxir o amor entre as persoas, e pode haber moitas maneiras. para logralo respondendo á túa pregunta".

Estendeu a caixa e abriuna para revelar unha serie de pequenos colgantes, amuletos e pulseiras, todos eles decorados co símbolo da deusa.

A maioría deles estaban claramente destinados a mulleres, para ser usados como xoias, pero pronto escolleu unha pequena peza de prata nunha fina cadea.

Mentres o sostivo, engadiu un comentario final, por se ela tiña unha idea equivocada.

"O consentimento mutuo está no corazón de todo o que facemos, por suposto. Sen iso, non é amor".

Colocou a caixa nun espazo libre nun dos andeis inferiores.

"Por suposto", dixo, cun leve sorriso.

Ela pasou por diante del, dirixíndose á porta.

No espazo reducido, as súas cadeiras rozaron o seu corpo, e entón ela parou, xirándose para miralo.

Os seus peitos presionaban contra o seu peito; Mesmo nun almacén tan reducido, el sospeitaba que ela o facía máis do estritamente necesario.

O movemento certamente non fora casual.

"Deberías dicirme máis", dixo, a cara a poucos centímetros do seu, os beizos de rubí invitando a un bico. "Pero agora non; o teu amigo está esperando. Quizais poidas vir á miña casa esta noite".

Ela deulle o seu enderezo e Conan aceptou vir.

Este fora un xiro sorprendente e moi agradable...

***

Cando ela abriu a porta ao seu golpe, aínda ía vestida coa mesma roupa que na tenda.

Esta vez, non finxiu que non mantiña os ollos na súa figura.

Non había dúbida de que era guapa, e mesmo á luz da lámpada dentro da casa, podía ver que estaba ruborizada, cun rubor carmesí nas meixelas.

Case parecía nerviosa, e el preguntouse se fixera algo semellante antes.

Quizais non; Ela dixera que os seus pais estaban lonxe, así que quizais raramente tivese unha oportunidade como esta.

Era improbable que chegase a miúdo onde traballaba, e era unha muller moi nova.

Probablemente non sexa unha virxe, tan atrevida como finalmente fora, pero tampouco con moita experiencia neste tipo de asuntos.

Despois de todo, aínda estaba vestida castamente.

"Entra", susurrou, mirando ao seu redor para asegurarse de que ninguén máis os podía ver.

El entrou axiña, e ela pechou a porta detrás del, apoiándose nela, os seus ollos percorrendo agora o seu propio corpo.

—Muriela cre no amor libre, non si?

Conan sorriu.

"Creo que o sabes ben. Moitos prefiren facer un compromiso, pero ata agora non foi o meu camiño. Entón, Jehnna...", dixo, sen ocultar que estaba vendo subir e baixar os seus peitos. baixo o vestido, "Que aspectos particulares da teoloxía che gustaría discutir?"

"Algúns dos teus... actos relixiosos son bastante físicos, polo que escoito", dixo coa voz ronca. "Para experimentar máis o panteón, creo que debería probar algúns deles. Ishtar, a deusa do corazón é moi importante para min, pero todos os deuses están relacionados e hai que adorar aos demais de cando en vez. , Non cres?"

"É certo", admitiu, "e Muriela é a filla de Ishtar, ao fin e ao cabo. En canto aos actos físicos de devoción, eses non forman parte dos oficios relixiosos como tal. Pero non deixan de ser un acto de culto, e agora síntome. con ganas de adorar esta noite.E ti?

Moveuse cara a ela, e ela entrou directamente nos seus brazos.

"Si, adorar é bo", suspirou, "intenso, físico, adoración".

Abrazouna e bicoulle os beizos vermellos, sentindo a súa lingua pasar pola súa.

Os seus beizos eran grandes, regordetes e sensuais, e o seu bico era apaixonante, aínda que non parecía ter moita práctica.

Definitivamente non é virxe, decidiu, pero probablemente sexa relativamente inexperto.

Pero estaba convencido de que xa non sería así cando rematase a noite.

Ela retirouse da súa boca, respirando pesadamente.

Os seus peitos estaban presionados contra o seu peito, e os seus brazos xa estaban envoltos ao redor da súa esvelta cintura, mentres ela envolvía os seus brazos ao seu pescozo.

Estaba case jadeando, cos ollos verdes moi ben de expectación.

"O dormitorio está arriba", conseguiu, as palabras caendo unha sobre a outra.

El asentiu, logo abaixouse para levantala debaixo dos xeonllos, agarrándoa contra o seu peito mentres se dirixía cara ás escaleiras e dirixíase ao piso superior.

Bicáronse de novo cando chegaron ao rellano, aínda levándoa en brazos.

Ela fixo un aceno cara a unha das portas, e el abriuna cun cóbado.

"Só un momento", dixo de súpeto, "Creo que Ishtar debería esperar fóra".

El engurrou o ceño, sen saber o que ela quería dicir, pero ela respondeu á súa pregunta tendendo a man para desabrocharlle o cinto, que levaba o símbolo sagrado da súa divindade.

Axudouna a liberalo, e logo deixouno caer, con todo o coidado que puido cos brazos ocupados, sobre unha pequena mesa xunto á porta.

"Espero que non lle importe escoitar", dixo, facendo que Jehnna se ruborise de novo, e entón ela riu.

Entrou no cuarto, pechou a porta co pé detrás e, finalmente, deixouna caer ao chan.

Inmediatamente agarrou a súa camisa, sacándoa dos pantalóns e deslizou unha man por debaixo dela para acariciarlle o estómago.

Tirouna cara adiante para outro bico persistente mentres a súa man se abría paso lentamente, sentindo o pelo no seu peito.

Abrazáronse, o brazo de Jehnna agora arredor das súas costas mentres el sostiña a súa estreita cintura, empurrando as súas cadeiras cara ás súas, presionando a súa crecente erección contra o seu corpo.

Ela retrocedeu lixeiramente, logo usou as dúas mans para erguerlle a camisa, desabrochándolle rapidamente a bata.

Axudouna, botando a roupa nunha pila sobre a alfombra.

Ela sorriu, os seus ollos vagando sobre o seu torso espido, e despois pasou as súas pequenas mans por riba del, sentindo a súa forma e firmeza.

Se había unha vantaxe de ser un aventureiro, reflexionou, era que mantiña o seu corpo en mellores condicións físicas do que conseguiron a maioría dos outros guerreiros.

Aínda así Jehnna non se moveu cara á cama, presionando o seu corpo contra o seu para becar outro bico.

Ela aínda estaba completamente vestida, a tea suave e aveludada contra a súa pel.

Ese vestido era agora un obstáculo, ocultando case todo o seu corpo da súa vista.

Bicoulle o pescozo, aínda suxeitandolle a cintura, e mordisqueoulle a orella.

Moveu as mans para arriba da parte baixa das súas costas, atopando os lazos que unían o vestido nas costas.

Había varias, con encaixes axustados, pero el estaba afeito a este tipo de cousas, desfacendoas unha a unha, sentindo o lixeiro algodón da súa escorregar cos dedos baixo o vestido verde.

Moveu os seus bicos ao seu queixo, e despois volveu a aqueles beizos vermellos deliciosos, perdéndose no momento en que separou os lazos finais.

Non quería estragar o vestido, que parecía feito de tecido valioso, así que volveu a afastarse dela, suxeitandoa cos brazos para unha última mirada mentres aínda estaba vestida.

O seu cabelo estaba lixeiramente desordenado agora, algúns fíos soltos caían diante dos seus ollos, a pesar de que o clip suxeitaba a súa cola de cabalo no seu lugar.

Ela respiraba pesadamente, coa boca aberta, os ollos fixados nos seus, coma se non estaba segura de que facer a continuación, pero ansioso por facelo.

Suavemente, achegouse aos seus ombreiros, tirando do vestido cara a eles, permitíndolle liberar os brazos das mangas axustadas, e despois deslizándoo polos seus lados para descansar nas súas cadeiras.

Debaixo, levaba un sinxelo calcetín branco, que remataba lixeiramente por debaixo dos xeonllos e non mostraba demasiado o escote.

As mangas eran curtas, só por riba dos seus ombreiros, e el pasou un dedo por un brazo, sentindo a pel núa contra a súa.

Levaba un colgante de prata ao pescozo, pegado á curva superior dos seus peitos.

Recoñeceuna como unha versión simplificada do símbolo de Ishtar e, despois do asunto do cinto, decidiu non mencionalo.

A deusa do corazón tivo fillos.

Ela non podía ofenderse polo método que utilizaba.

Ela apoiou os brazos contra o seu peito, mentres el deslizaba as mans pola súa cintura unha vez máis.

El moveuse cara arriba, o algodón do deslizamento suave contra as súas palmas, e a calor do seu corpo fíxose evidente a través del.

El alcanzou os seus peitos, ahuecándoos a través do tecido.

El podía sentir os seus pezones endurecerse baixo o seu toque, e levantou a vista para vela ruborizarse unha vez máis.

Achegouna unha vez máis, e abrazáronse apaixonadamente, ela bicoulle a cara e el pasou unha man polo seu cabelo (a súa cola de cabalo fíxose máis tosca a medida que o facía) e a outra polas costas.

Ela tiña un corpo moi pequeno, agás aqueles peitos que agora esmagaban contra o seu peito unha vez máis.

Unha muller nova, delgada e atractiva.

Deslizou o vestido das súas cadeiras, deixando que caese naturalmente ao chan.

Pasaron por riba do vestido, e por fin dirixíronse cara á cama.

Conan quitou os zapatos e deixouna na cama antes.

Separándose de novo, pero esta vez ela estaba deitada e el estaba de pé, Conan mirou o seu corpo medio espido, mentres os seus ollos dirixíanse ao seu estómago e despois abaixo, ata o bulto debaixo dos seus pantalóns.

O slip era máis curto que o vestido longo, pero debido ás súas botas ata a pantorrilla, só os xeonllos estaban ao descuberto.

"Déixame ver o que a deusa ten para ofrecer", dixo, levantando o dobladillo do slip sobre as súas cadeiras.

Tiña caixóns de algodón anchos, pouco atractivos e bastante modestos debaixo, chegando ata a metade da coxa.

Lembrando o que pasara na tenda, obviamente collera as saias pola cantidade de roupa que levaba debaixo.

Ben, había tanta roupa interior porque sería cómodo para ela levala alí.

El fixo un aceno coa súa cabeza cara á dela, e ela levantou os brazos, permitíndolle tirar o deslizamento sobre a súa cabeza, agarrando a cola de cabalo por un segundo antes de botarlle a roupa xunto ao seu vestido.

Agora só ía vestida cos seus caixóns e as botas e, tiña que recoñecer, pagaba a pena mirala un rato vestida así.

O seu corpo novo estaba moi axustado e delgado como el sentira cando a acariciaba, as súas costelas claramente visibles aos lados do peito.

A súa pel era pálida e rosada, evidentemente raramente vira o sol, e fría e suave ao tacto.

A esvelta da súa cintura acentuaba os seus peitos firmes e xuvenís, que apuntaban cara arriba, moi erguidos e ben redondeados.

Os seus pezones eran dunha cor rosa pálida, que sobresaían ansiosamente.

Pasou as mans por cada peito, sentindo o seu frescor, e despois apretou o seu pezón dereito entre dous dos seus dedos.

O colgante caeulle agora sobre o escote e non fixo nada para lembrarlle a súa presenza.

Inclinouse, bicando a parte superior lisa dun peito, e despois do outro.

Moveuse para lamberlle os deliciosos pezones, pero antes de que puidese, ela inclinouse cara a dentro, bicando a base do seu esternón.

El quedou alí, inmóbil, gozando da sensación dos seus peitos acariñando o seu estómago, pero ela comezou a baixar, desenganchando o cordón das súas bragas.

Case ás présas, ela baixounos, de xeito que o seu gallo quedou libre.

Quedaron alí un momento, el preguntouse que faría a continuación.

"Creo que este é o agasallo da deusa para min?" Preguntou, a súa voz suave e lixeiramente burlón.

Ela mirou para el, e el asentiu en silencio.

"Entón debería adoralo no altar", respondeu Jehnna.

Colocando unha man suave en cada cadeira, instándoo a que o fixera, ela deulle a volta, ata que estaba mirando para fóra da cama.

Quitouse os pantalóns dos nocellos e obedeceu, deitado espido de costas ante ela.

Os seus ollos estaban fixos na súa erección, mentres ela tomaba algunhas respiracións calmantes.

Entón ela axeonllouse diante da cama, inclinou a cabeza cara adiante e puxo un tenro bico na base do seu pene.

Mirou para ela, só podía ver a súa cara desde este ángulo, os pómulos estreitos, o cabelo escuro, os grandes ollos verdes e os beizos vermellos sensuais.

Nese momento, o feito de que non puidese ver o resto dela non lle importaba o máis mínimo.

Ela separou os beizos, e pasou a lingua polo seu pene, probando as súas bolas e despois movéndose cara á cabeza do seu pene.

Deixou un profundo suspiro e ergueuse sobre os cóbados, observando o seu rostro.

Ela parecía insegura, pero parecía que non necesitaba ningún consello sobre o que facer a continuación.

Ela bicou o seu pene, levantou unha man para tomar as súas bolas, masajeándoas cos seus dedos suaves.

Entón ela retirou o seu prepucio, deixando ao descuberto a brillante cabeza, e bicouna cos beizos húmidos.

Inclinándose máis adiante, Jehnna abriu a boca, afundindo o seu pene pouco a pouco.

Un xemido escapou dos seus beizos, e ela mirou para el, facéndolle cóxegas coa man.

Ela deslizou a súa erección dentro e fóra, pasando a súa lingua sobre o eixe do seu pene, lubricándoa mentres ela seguía tomándoo cos dedos.

Ao principio foi lenta, pero empezou a coller velocidade, parando ocasionalmente para soltala e despois empurrando de novo.

A cola de cabalo do seu cabelo balanceábase contra as súas costas, con fíos soltos da súa cola caendo sobre o seu estómago e as cadeiras.

A súa man libre estendeuse para acariciarlle o flanco, sentindo a dureza do seu estómago.

Os seus ollos verdes fixéronse nos seus, a súa expresión incerta e un pouco nerviosa, coma se non estivese segura de se o estaba facendo ben.

Pero non había tal dúbida na mente do guerreiro.

Os seus beizos e boca eran doces, suaves, e volvíano tolo; Conan sabía que non podía soportar moito máis destas caricias coa súa lingua e a súa boca, e preguntouse se lle gustaría que se correse dentro da súa boca.

A sensación daquela era embriagadora, xunto coa poderosa sospeita de que nunca fixera isto en particular.

A súa propia respiración era dura e rápida agora, xa que tentaba evitar que chegara ao clímax demasiado pronto.

Ou quería probar o seu leite?

Non podía estar seguro.

Ela deu un último trago, empurrando o seu pene na súa boca o máis lonxe que puido, despois soltouno, a súa saliva brillando agora en toda a súa lonxitude.

Ela lambeu un dedo e sorriulle, os dentes brancos.

Ela ergueuse, e a súa mirada trasladouse primeiro aos seus peitos, e despois a aquelas bragas longas que aínda estaban moi ocultas á súa vista.

Obviamente ela tiña o mesmo pensamento, xa que, nun só movemento, tirounas cara abaixo e caeu sobre a cama ao seu carón.

O seu arbusto escuro era escaso, case sen pelo, e podía ver unhas pingas de humidade entre as súas pernas.

Parecía que chuchara o seu pene a encendera profundamente.

Tanto mellor, pensou, levantándoa a man ata o queixo e bicandoa unha vez máis, as súas linguas entrelazadas, o sabor do seu pau aínda na súa boca.

Apretoulle os peitos, gozando da firmeza xuvenil dos mesmos.

Esta vez, ela permitiulle que a bicase alí, chupándolle o mamilo esquerdo coa súa lingua, masajeándoo coa súa lingua e despois abrindo a boca para presionarlle todo o peito que puidese.

Ela xemeu e retorceuse debaixo del mentres el se movía cara ao seu outro peito.

Soltoulle os peitos e puxo un pequeno bico xunto ao colgante relixioso, desafiándoa a responder.

Ela jadeou, coma se de súpeto se decatara, pero entón simplemente colleu a súa cabeza entre as súas mans e bicouno apaixonadamente.

"Espero que á deusa lle guste ver isto, aínda que non sexa a forma de facer fillos", dixo Conan mentres guiaba a cabeza de Jehnna cara ao seu pene.

Jehnna mirouno entre diversión e lascivia cando volveu chupar o seu pau na boca e pasou a man entre as súas bolas de novo.

Agora estaba seguro de que quería que acabase dentro da súa boca.

Sentía que a nova mamada que estaba a dar Jehnna, agora sen parar, ía facelo correr en calquera momento sen remedio.

A succión da súa boca era cada vez máis rápida e sen pausa e a caricia das súas bolas facíase cada vez máis divertida para ela.

E ela seguía mirándolle aos ollos mentres o chupaba, o que o encendía aínda máis.

El sentiu que o cum comezaba a subir polo eixe do seu pene e na boca de Jehnna.

Ela tamén o debeu sentir coa man nas súas bolas porque deixou de tocalas e concentrouse en recibir o seu leite, suxeitando agora o seu pene coas dúas mans e deixando de chuparllo para abrir a boca e deixar caer o seme dentro dela.

Sentiu como se baleiraba por completo na lingua, na boca e en parte da súa cara.

Inclinouse cara atrás para vela tragar o seme mentres parte do leite caía sobre os seus beizos e sobre os seus fermosos peitos.

Ela estaba lambendo os beizos cun sorriso que estaba nalgún lugar entre impertinente e lascivo, que comezou a encendelo de novo.

Notou como o seu pau se estaba volvendo duro.

Entón, ela deslizou a man entre as pernas, notando como a segunda mamada a fixera aínda máis mollada que antes.

O seu coño estaba case empapado de zumes e era cálido e invitante e suave ao seu tacto.

Estaba lista, preparada para o acto final de devoción.

Ergueuse da cama, observándoa rodar sobre as súas costas, a súa mirada lixeiramente cuestionadora.

Notou que aínda levaba as botas, o suave coiro marrón cubría a maioría dos seus becerros.

Non importaba.

Estendeulle as pernas e levouna ata o bordo da cama.

Abaixouse a man e pasou un dedo sobre o seu coño, separando os beizos suaves, vendo a humidade rosa dentro.

Ela jadeou, o seu corpo tremíndolle, e el agarroulle as coxas, levantándolle as nádegas.

As súas pernas a cabalo sobre o seu peito, as botas nos seus ombreiros, o seu coño estendido ante el.

Cun movemento repentino, meteuse dentro, facéndoa berrar de pracer.

Unha e outra vez impulsou, suxeitando as súas coxas con forza contra o seu corpo.

Ela xemeu e jadeou, as súas cadeiras bombeando en resposta aos seus empuxes, os seus peitos rebotando cara atrás e cara atrás coa forza dos seus esforzos.

El continuou, empuxando máis forte, comezando a xemir agora mentres os berros de Jehnna enchían o cuarto.

Os seus ollos estaban moi abertos, centrándose nos seus, o peito axitando mentres seguía movéndose, o colgante deitado agora ao lado, atrapado pola suor da súa paixón.

Cun último pulo, bateu contra o seu coño, gritando o seu nome mentres a súa semente quente derramou nela.

Todo o seu corpo convulsionouse mentres a súa vaxina se contraía, as ondas do seu orgasmo construíndose sobre ela.

O maior regalo de Muriela para a humanidade.

CAPÍTULO VI
ZULA

"Refírese a unha gran ameaza para a cidade", dixo Valeria, colocando os vellos pergamiños sobre a mesa.

Reuníronse no comedor da vila, a petición do duende.

Conan pronto deuse conta de que tiña algo importante que contarlles, algo que atopara recentemente nalgúns documentos antigos.

Pero para el, parecía moi pronto para facer outra expedición.

Acababan de volver da última.

Algúns aventureiros pasaron toda a súa vida explorando ruínas antigas, pero esa non era unha forma de vivir unha vida.

Que sentido tiña gañar tanto diñeiro e tesouro se nunca tiveches tempo para gastalo e disfrutalo?

Por suposto, había algunhas persoas que se dedicaban totalmente a loitar contra o mal, que nunca descansaban na batalla, e iso era admirable, pero non era un guerreiro santo.

Sen embargo, estaba seguro de que Valeria non os convocaría sen razón e estaba disposto a escoitar o que tiña que dicir.

A feiticeira elfa era intelixente, unha amiga leal e non alguén que se lanzou ás aventuras de forma temeraria.

Se pensaba que algo era importante, probablemente o fose.

E unha ameaza para a cidade, tivo que admitir, seguramente sería un gran problema.

E Valeria, ademais de intelixente, tamén era moi fermosa, a verdade, e se fora outra persoa, facía moito tempo para durmir con ela.

Pero había regras non ditas que consideraba prudente obedecer.

Nunca se deitara con outro membro do grupo, e nunca pretendía facelo.

Iso xeraría demasiadas complicacións, e mesmo riscos, dada a súa perigosa ocupación.

Había moitas máis mulleres no mundo, e el chegara a pensar no grupo case como a súa propia familia.

"Son o relato dun grupo de aventureiros, de hai centos de anos", explicaba Valeria, "pero, por desgraza, están incompletos. Hai algúns mapas, pero non hai indicación de onde poderían estar exactamente os lugares que neles aparecen, pero non hai ningún tipo de información. máis aló do feito de que están baixo terra, nalgún lugar debaixo desta cidade".

Conan asentiu.

"A cidade actual está construída sobre as ruínas dunha moito máis antiga, é certo. Pero non queda moito dela, nin nada por riba do chan. Porén, dado o tempo que leva Tarantia aquí, todo o que estaba debaixo foi explorado completamente hai moito tempo".

"Quizais si", respondeu Valeria, "pero e se algo se cambiase máis tarde? As antigas ruínas, tal e como están, deben estar seladas. Non saberiamos moito delas. Por suposto, isto non é certo. Probablemente haxa moitas viaxes no camiño cara ao obxectivo, pero iso non significa necesariamente que non haxa nada alí abaixo. E, por suposto, estes vellos aventureiros atoparon algo. Non está moi claro o que é, excepto que parece atraer monstros e tal e como indica, ou iso crían, se chegaba a ser o suficientemente poderoso, levantaríase das profundidades e apoderaríase da cidade.Penso que se referían a algo infernal, o máis probable é, pero cos documentos tan incompletos. como son, iso é só unha suposición.

"Pero non se fixo cargo da cidade", sinalou Zula, "ou non estaríamos aquí. Cal é o problema?"

"Non, non, porque o detiveron. Pero, polo que podo dicir, non o mataron, só o selaron en algo, pupilos dalgún tipo para evitar a súa fuga. era máis que suficiente. "Pero os feitizos non duran para sempre, e o mago do partido parecía pensar que se debilitarían despois duns séculos. O que nos leva a hoxe".

Yasimina, que certamente se animaba con isto, inclinouse cara adiante no seu asento.

"Cres que a ameaza podería estar activa de novo agora, ou moi pronto?" Entón fixo unha pausa un momento, engurrando o ceño lixeiramente: "Pero por que non explicas isto claramente? Se encerrara un demo nunha cripta debaixo da cidade e soubese que escaparía, mesmo dentro de cincocentos anos, aseguraríame de marchar. un aviso moi claro para as xeracións vindeiras e non dicir que hai un perigo oculto nalgún lugar baixo terra.

Valeria suspirou: "Estou de acordo, e temo que, unha vez máis, a incompletitude dos documentos dificulta dicir por que non o fixeron. Está claro que sufriron moitas baixas, parece que só sobreviviron dous deles. , incluído o autor deste diario. Non obstante, teño a impresión de que puideron ser expulsados da cidade, sen poder deixar ningún tipo de aviso claro, salvo este".

"Está ben", dixo Yasimina, asumindo de súpeto un papel empresarial, "supoñamos que cremos esta historia. O curso de acción obvio sería avisar ás autoridades. Esperemos que nos contraten para facer fronte á ameaza e nós ter moito máis apoio diso." de xeito como se o estivésemos sós. E, polo que vexo, non hai ningunha razón obvia pola que debamos tratar isto sós. É difícil pensar que esta podería ser unha expedición típica. . Pero se nos ignoran, entón teremos que pensar doutro xeito. outro enfoque".

"Non podemos facer iso", dixo Valeria, movendo a cabeza, "esta cousa, fose o que fose, tiña a capacidade de influír na xente de toda a cidade. Hai pasaxes escritos aquí que din que os aventureiros corren un gran risco incluso cando están arriba na cidade, xa que os servos do ser sabían deles e actuaron.É obvio que, daquela, estes servos estaban incluso dentro do goberno da cidade.Agora, pode que non sexa o caso. que Isto pode ocorrer só esta vez, ou pode ter estendido amplamente, e aínda hai servidores ocultos na cidade. Pero non podemos saber con certeza, polo que creo que deberíamos manter isto o máis agochado posible ata que saibamos máis. Creo que "Temos que investigar isto, e máis cedo que tarde, e cantas menos persoas coñezan isto, mellor".

Yasimina volveu recostarse na cadeira, profundamente pensada.

Conan decidiu que o mellor era deixala pensar.

Ela era a líder do grupo, polo menos tacitamente, e el respectaba as súas decisións.

Finalmente o paladín falou.

"Podemos investigar, como ti dis. Comecemos por descubrir como entrar no que hai debaixo da cidade. Podemos facelo sen que a xente descubra o noso verdadeiro propósito, seguramente. Alguén ten algunha suxestión sobre por onde comezar?"

"É posible", dixo Snagg, falando por primeira vez, "Eu si..."

***

Resultou que Zula non era necesario para a primeira parte da misión en busca de información.

Así que, tendo unha tarde libre por diante, e xa pensado previamente nas covas e fontes termais da cidade, decidiu tomar un baño.

Ela deixou que Snagg e os outros planificasen o curso de acción, ela tomaría un tempo para relaxarse.

Entrou no seu cuarto, pechando o pestillo para a súa privacidade.

En canto o fixo, os recordos daquela noite de non hai moito tempo encherona de novo.

Yakin estaba noutro lugar da vila nese momento, e aquela noite antes o único que puidera facer foi espiarlle.

Non era como se houbese ningunha posibilidade real de gañar intimidade física con el; As súas respectivas carreiras foron unha barreira tan grande como sempre, e nada cambiara desde entón.

De feito, ela esperaba que nunca descubrira o que ela fixera.

En moitos sentidos, foi unha traizón, e nin sequera podería comezar a explicar a ninguén, e menos a si mesmo.

Pero, se nada cambiara realmente desde a perspectiva de Yakin, era diferente para ela.

Moitas veces imaxinarao moitas veces antes, do que podería pasar se el fose un trasno coma ela.

Foran fantasías agradables, pero as fantasías eran todo o que eran, e todo o que serían.

Ela non escoitara falar de maxia que puidese facelo, e aínda que fose posible, era difícil pensar por que Yakin estaría disposto a sufrir a transformación.

Seguramente lle gustaba ser humano, despois de todo.

Pero agora, desde aquela noite, soñaba máis con el.

Foi ridículo, de verdade.

Entón o vira espido?

Era realmente tan diferente do que imaxinara que os seus pensamentos deberían estar agora cheos de desexo?

Porén, iso foi o que acontecera.

A parte que intentou ignorar, pensou, mentres se quitaba as botas e mergullaba un pé nas augas mornas do baño para probar a temperatura da auga, era, como sempre, a incompatibilidade de tamaño.

Ademais diso, os humanos e os trasnos parecían iguais.

Despois de todo, por iso o quería.

Pero, se Yakin tiña algo parecido a un trasno, tiña unha estatura xigantesca dende a súa perspectiva.

Con, como ela xa sabía, un pene totalmente proporcional.

Ela podía imaxinalo parado alí diante dela, tal e como el estivera ante o baño aquela noite, desfacendo as súas restricións e o seu galo duro saltando libremente na súa cara.

Ela meneou a cabeza, afastando a imaxe da súa mente.

Só serviu para lembrarlle o abismo entre eles, e non serviría de nada deterse niso.

Debería haber un espello no baño, reflexionou, mentres se colaba a bata por riba da cabeza e a colocaba na mesa auxiliar.

Pero non había, e ela tiña que imaxinarse como el a vería.

Pasou as mans polos lados.

Era bastante delgada, cun estómago plano e cadeiras femininas.

Seguro que entón, ela non lle parecería demasiado infantil?

Ela ahueca os seus peitos, sentindo a forma deles.

Certamente, alí non hai nada parecido a unha rapaza, aínda que non podía dicir que tiña un peito moi exuberante.

Por suposto, non tiña nin idea do que Yakin prefería nas mulleres.

Se tiña unha moza, ela non sabía nada diso.

Agardaba que non o tivese, aínda que ese desexo era ao mesmo tempo egoísta e, en definitiva, inútil; ela simplemente non quería imaxinalo con ninguén máis.

Ela pinchou o pezón rosa, pero despois quitou a man.

Quizais este non fose o momento nin o lugar.

Ela pechara a porta, pero os outros non estaban moi lonxe, discutindo cousas sobre as catacumbas debaixo da cidade, sen dúbida.

Debería ducharse e rematar, e quizais retirarse á súa cama despois.

Quitoulle profesionalmente a roupa que lle quedaba, puxouna con coidado, colleu unha toalla e púxose ao bordo do baño.

Por suposto, o baño de pedra era grande, destinado a humanos, non trasnos nin ananos.

Estaba revestido de mármore, con tubos debaixo que conectaban coas fontes termais, mantendo a auga quente, aínda que por sorte nunca chegaba a temperaturas moi altas, e había algún encanto para evitalo, pensou.

Unha repisa nun lado permitiríalle sentar nela, en lugar de ter que usar o lugar como unha pequena piscina, xa que apenas podía deitarse no fondo.

A auga ondulaba, permitindo un reflexo distorsionado do seu corpo.

Non é tan bo como un espello, pensou de novo.

De calquera xeito, o único que fixo foi traer pensamentos de Yakin á súa mente unha vez máis.

Ela mirou para si mesma.

Ela tiña boas coxas, pensou, ben formadas e non demasiado gordas ou delgadas.

A súa barriga era estreita e os pelos escuros enroscados contra a pel pálida das súas cadeiras.

Era unha muller, unha muller adulta.

Pero aínda que puidese vela espida, ¿era así como pensaría nela ou como unha estraña figura parecida a unha boneca?

Meteuse na auga, sentouse na repisa, saboreando a calor e a humidade contra a súa pel, gozando da sensación.

Apoiou a cabeza contra o bordo da pedra, o nivel da auga subía xusto debaixo dos seus ombreiros.

Alcanzou o xabón perfumado da toalla, botoulle a auga e comezou a facer espuma.

Ao principio, conseguiu ignorar os pensamentos de Yakin, deitada na mesma piscina, mesmo usando o mesmo xabón, pero mentres baixaba para enxabonar os seus peitos, os seus pezones endurecéronse involuntariamente, imaxinando o que sentirían as súas mans acariñala.

Caramba, isto non a estaba levando a ningures.

Tamén pode ceder aos pensamentos, relaxando a súa tensión do único xeito posible.

Quería liberarse, pero non puido librar a súa mente da distracción ata que ela o conseguiu.

Maldito Yakin, por que tiña que ser tan guapo un home humano?

Volveu poñer o xabón na toalla e puxo as mans entre as pernas.

Ela suspirou, un leve suspiro pasado os beizos.

Isto sentíase ben; Isto era o que ela necesitaba.

Baixo a auga, meteu un dedo no seu coño, movéndoo cara arriba para fregar contra o seu clítoris.

Ela pechou os ollos, imaxinando a Yakin diante dela, do tamaño dun trasno.

Que faría eu se fose un trasno e no baño con ela?

Tería que estar no fondo, claro.

E entón, si, bicaba e fregáballe os peitos.

Moveu a man libre para sentilo, deslizando o seu pezón entre dous dos seus dedos.

Despois erguíaa, cadeiras contra cadeiras, coas pernas enroladas por aquelas firmes coxas, e penetraba nela.

Empuxou o dedo aínda máis profundo xunto cos seus pensamentos, deslizándoo dentro e fóra a paso lento.

Ela lambeu os beizos, imaxinando o sabor da súa boca, como se sentiría o seu peito contra o dela, finxindo que a calor do baño era a calor do seu corpo.

Ela mantivo os ollos pechados, non querendo estragar a imaxe cunha ollada á habitación baleira, e continuou explorando o seu coño.

Sería suave e lento, a súa forma habitual de ser, pensativo e tranquilo, sempre impulsando o seu éxtase.

Sendo un elfo nas súas fantasías, podería facelo con ela, pero como humano, nunca.

Inesperadamente, unha imaxe saltou á súa mente.

Yakin, o seu tamaño completo agora, dobrándoa, suxeitandoa contra os seus cadros, tomándoa por detrás, os seus talóns golpeándolle os xeonllos.

O pensamento foi repentino, impactante, e ela preguntouse brevemente de que parte da súa mente viña.

Ela sabía que esa parte dela queríao como un ser humano, ata o quería con forza, vencida pola luxuria, fodendo con ela.

Meteu un segundo dedo no seu coño, a súa respiración agora máis forte, e torceu un pezón coa man libre, gozando da leve dor mentres o facía.

Si, quería follalo!

Ela intentou recuperar a imaxe del como un home do tamaño dun duende, pero o pensamento do seu enorme galo erecto abrumoua, aínda que nunca o vira en tal estado.

Que grande sería, preguntouse brevemente?

Seis, sete polgadas?

E, boa deusa, que pasaría co grosor?

Desexaría levar algo consigo... algo con asa, quizais... algo, calquera cousa, co que puidese probar a súa tolerancia.

Pero ela non o tiña, e se o fixera, dificilmente sería o mesmo que a sensación dun bo galo vivo golpeándoa.

Mordeuse o beizo, disposta a non berrar, os outros estaban só a un cuarto ou dous de distancia.

O seu corpo arqueouse contra a pedra, deslizándose lixeiramente na repisa, as súas cadeiras movéndose reflexivamente en contrapunto aos seus dedos.

A ela non lle importaba se Yakin era humano ou trasno agora, só quería o seu pene dentro dela.

Considerou brevemente saír do baño, atopar unha superficie máis seca e menos esvaradía na que descansar, pero estaba demasiado lonxe para que esa fose unha opción agora.

A auga derramaba contra os seus ombreiros, e mordeuse o beizo con máis forza.

O seu clítoris estaba ardendo... en calquera... momento... AGORA...

Ela convulsionou, soltando un pequeno xemido involuntario mentres a calor branca a invadía.

Mentres o facía, as súas nádegas, xa nunha posición inestable no andel, deslizáronse libremente, tirándoa baixo a auga mentres as súas pernas colapsaban debaixo dela.

Un momento despois, empuxou a cabeza cara á superficie, agarrando a cornisa coa man esquerda.

Ela quedou así por un momento, jadeando, cos ollos moi grandes nun brillo post-orgásmico.

Finalmente, ela quitou o cabelo mollado da cara, cepillou cara atrás e logo salpicando a auga sobre si mesma de novo.

Zula soltou un longo suspiro de pura felicidade.

Iso fora bo.
Moi ben ...

CAPÍTULO VII
CASSANDRA

Cassandra espertou cando o sol comezou a mergullarse no ceo, proxectando a súa luz laranxa do solpor pola estreita fiestra do seu apartamento do faiado.

Durmira a maior parte do día, o que non era raro.

Ela prefería a noite máis que o día, xa que cando a luz do sol era forte as cousas que se podían facer eran demasiado visibles e iso non lle gustaba.

E ademais, pola noite, podía ver mellor que os humanos, ou mesmo os elfos, o que lle permitía ver sen ser vista.

Iso era práctico, especialmente tendo en conta as súas delicadas accións escollidas para os negocios, pero tamén había, pensou, máis beleza na noite.

Os ceos de Tarantia a miúdo estaban despexados, unha vantaxe do seu ambiente árido, que permitía que as estrelas e as lúas brillasen con intensidade no medio da escuridade aveludada.

E a escuridade era moito máis fermosa que a luz do día.

O xeito en que as cousas se encolleron nas sombras fíxoas dalgún xeito máis limpas, máis puras, do que eran cando a luz solar expuxo a súa realidade.

A súa herdanza diabólica tamén puido ser relevante, por suposto.

Saíu da cama, empurrando as finas sabas no seu lugar e vestiuse rapidamente.

Non tiña unha ampla gama de roupa, só recambios suficientes para asegurarse de que algunha estivese sempre limpa, e os seus gustos eran o suficientemente sinxelos e prácticos.

Quizais se algún día o seu traballo a levase a unha festa da clase alta ben vestida, quizais tivese que comprar un vestido caro, pero a idea non lle gustaba.

Entón, puxo unhas correas de coiro axustadas e unha farrapiña cunha camisa de algodón sen mangas.

A roupa mostraba a súa figura, facéndoa lucir máis ben formada e atractiva do que ela mesma se daba conta.

Nos seus propios pensamentos, as súas deformidades xeradas polo inferno eran o único que importaba.

Despois de poñerse as botas ata a pantorrilla, detívose a mirarse no espello e soltou o cabelo enmarañado do sono para ocultar os cornos como puido.

Con eles escondidos, parecía tan humana como sempre, cunha cara pálida e ovalada e un cabelo castaño ata os ombreiros cun toque de castaño castaño.

Os seus ollos deixárona, porén, porque o seu ton avermellado escuro non demasiado natural era claramente visible para calquera que se achegase a ela.

Intentou que iso non ocorrese con demasiada frecuencia.

Satisfeita co seu aspecto, axustou o cinto e púxose a capa negra con capucha que era a súa mellor protección para que non se vira con claridade, e saíu da habitación, colocando a trampa de dardos velenosos que sempre deixaba no oco da chaveira, por se acaso.

Só había unha escaleira estreita no descanso, que conducía a outras plantas ata o nivel da rúa.

Era unha zona pobre da cidade, porque lle costaba vivir nun lugar máis saudable.

Un día, quizais, o diñeiro que gañara permitiríalle un lugar mellor, pero tería que ser moi privado, e ela sabía que nunca podería permitirse o tipo de discreción que Lady Gedren necesitaba para vivir como un elfo escuro comerciante nun ser humano. cidade.

Ese era moitas veces o camiño cos semidemos.

Cando saíu do edificio, o sol xa se afundía no horizonte e as sombras xa empezaban a aparecer nas rúas.

Ela aprendera o que podía sobre os aventureiros dos que Gedren quería que roubase.

O suficiente para saber que enfrontarse a eles de frente non era unha proposta sensata, aínda que esa fora a súa preferencia.

Non foi sorprendente, xa que os aventureiros estaban entre os adversarios máis mortíferos.

Asumindo que sobrevivisen ás súas primeiras expedicións, só iso xa se enfrontaría a máis horrores dos que a maioría da xente atoparía nunha vida, e viviu para contar a historia.

Sen esquecer o útil botín máximo que conseguirían obter.

Non, o combate directo non era unha opción.

Pero ela xa o sabía: só precisaba confirmalo.

A seguinte pregunta era a seguridade da súa casa, o fácil ou difícil que sería entrar e saír sen ser detectado.

Foi lamentable que non vivisen só fóra dunha pousada, como moitos, senón que fosen demasiado intelixentes e exitosos para iso.

Entón, esta noite, ela aprendería o que podía sobre a súa aldea.

***

Quedou na sombra todo o que puido, cousa que foi facilitada pola escuridade da noite.

A maioría da xente do barrio sabía o suficiente para non comentar a súa habitual capa con capucha, e ademais por aquí, non era a única persoa que quería evitar a atención de todos os xeitos.

En xeral, non se fixeron moitos comentarios sobre os transeúntes desta parte da cidade.

Aínda así, escorregou polas rúas tan pronto como puido, camiñando a paso rápido por pasaxes que lle coñecen dende a infancia.

***

Ela viunos con moita antelación, claro.

De feito, probablemente os vira antes de que a viran.

Pero ela lles dera pouca importancia, só dous recén chegados á cidade, perdidos nas rúas de atrás.

E eran claramente recén chegados, polo seu estilo de vestir, e aínda co po da viaxe na roupa.

Estaban demacrados, algo desgarrados, caeron claramente en tempos difíciles, como moitos tiñan por aquí.

Quizais buscaban unha pensión barata, ou mesmo un piso protexido para pasar a noite.

Un deles apareceu de súpeto diante dela, bloqueándolle o camiño.

Os seus ollos erguíanse molestos, porque era uns seis centímetros máis alto ca ela.

Ela notou o seu cabelo laxo e os restrollos do seu queixo, as súas fosas nasais asaltadas polo cheiro a suor e a mugre mesturado cun claro indicio dun pouco de alcohol.

Sostiña un coitelo nunha man, apuntándoo cara a ela.

"O seu diñeiro, agora", esixiu, o cheiro a alcohol fresco no seu alento.

"Non o creo", dixo con calma, a man xa movéndose subrepticiamente baixo a capa.

Sostivo a súa mirada, demasiado borracha ou demasiado estúpida para ler a mirada dos seus ollos, ou notar a súa cor antinatural.

Ou quizais estaba demasiado escuro para eles.

A súa amiga xa daba voltas detrás dela, cortándolle a vía de escape.

Moi mal para eles.

"Oh, vai", dixo, "e quizais outra cousa, eh?" El riu, o seu sorriso mostraba os dentes rotos e manchados.

A man do coitelo aínda se achegou cara a ela, estendeu a man para tentar agarrarlle o peito coa outra.

A súa resposta foi un lóstrego, agarrándolle a man do coitelo coa esquerda e torcendoa con forza.

A súa propia man dereita saíu de debaixo do manto, metendo o coitelo debaixo do esternón e incorporándoo ata a empuñadura.

Jadeou, pero non berrou, simplemente emitindo unha explosión de mal alento.

Retrocedeu tambaleándose, cos ollos moi grandes de sorpresa, e mirou a mancha que crecía rapidamente na parte dianteira da camisa.

Xa deixara caer o coitelo e volveuse cara ao outro atacante.

Nin sequera se movera, non fixera nada, ao parecer tan conxelado e conmocionado coma o seu compañeiro.

Mirou o coitelo, aínda pingando sangue, e despois a Cassandra, o seu rostro unha máscara de incomprensión.

O idiota merecía morrer, pensou.

Pero en vez diso, virou e fuxiu, correndo cara á noite tan rápido como podían cargalo as súas pernas.

Nin sequera se molestou en perseguilo; non tería ningún amigo aquí, e non tiña moito sentido malgastar a súa enerxía.

Detrás dela, houbo un golpe cando o primeiro home derrubouse ao chan.

Ela volveuse para mirar, e viu como un peixe fóra da auga, intentando frear o fluxo de sangue mentres estaba deitado no chan da rúa de terra.

Estaba morrendo, iso estaba claro.

Pero non o suficientemente rápido.

Ela axeonllouse diante del, observando durante un ou dous segundos como tentaba escapar e cubrir a súa ferida ao mesmo tempo.

El mirou para ela, suplicando, pero ela simplemente usou o seu puñal de novo, cortándolle a gorxa.

A súa cabeza caeu ao lado e os seus ollos brillaron.

Ela limpou a espada coa roupa, volveuna envaina, despois pasou con coidado para non meter os pés no charco de sangue, pasou sobre o seu cadáver e baixou a rúa.

Ela non podía perder moito tempo nisto, despois de todo, tiña negocios que atender.

***

A vila era unha típica mansión de dous andares, con dúas longas ás que se estendían a cada lado dun patio amurallado.

Como moitos outros edificios desta parte da cidade, o tellado tiña unha parte superior plana, aínda que dúas pequenas cúpulas de cobre estaban nas esquinas onde as ás se unían ao edificio principal.

Debería ter coidado, xa que non quería chamar demasiado a atención nesta parte máis acomodada da cidade.

Deixar un cadáver aquí tendería a atraer moita atención, algo que ela quería evitar, despois de todo.

Non obstante, pronto puido confirmar que as fiestras da planta baixa tiñan fortes reixas de ferro que impedían a entrada de máis de dous ou tres centímetros de ancho.

Tamén tiñan persianas, que sen dúbida pecharían máis tarde pola noite.

As paredes eran empinadas, o que faría imposible subirlas a unha fiestra superior ou ao tellado sen un gancho de agarre... aínda así, un agarre era algo a ter en conta.

Non obstante, de máis utilidade sería un pouco de coñecemento de como o grupo pasaba aquí os seus días e noites.

Que probabilidade era de que a casa quedara baleira, por exemplo?

O mellor de todo sería ter unha idea de onde gardaban o seu tesouro cando non o estaban a usar.

Tiña que haber unha bóveda nalgún lugar, e obviamente sería preferible que ela non tivese que buscar en toda a vila para atopala.

Por suposto, pensou tristemente, calquera posibilidade de que divulgaran información sobre iso era realmente limitada.

A luz da farola derramaba polo patio e polo piso superior da vila.

Moita xente foi durmir en canto anocurecía, e o solpor xa se afondaba máis alá do punto que calquera humano podía ler sen axuda.

Ou facer outra cousa sen unha fonte de luz, para iso.

Pero os aventureiros seguían activos.

No seu segundo paso polas portas do recinto amurallado, achegouse todo o que se atreveu sen facelo demasiado evidente, e escoitou o son da conversación desde dentro.

Entón, polo menos algúns deles estaban agora no patio, non no edificio.

E iso deulle unha idea.

Mirou arredor para os edificios veciños.

Do mesmo xeito que a vila en si, a maioría tiña dous pisos de altura, o que significaba que desde o segundo piso se podía ver sobre o muro do patio.

As rúas estaban baleirando, pero Cassandra seguía coidada mentres se deslizaba pola rúa detrás do que parecía unha casa normal.

A casa estaba a escuras, así que ou ninguén estaba na casa, ou xa se retiraran á cama, e calquera dos casos se adaptaría aos seus propósitos.

Mirando ao seu redor para asegurarse de que estaba soa, subiu a unha fiestra da planta baixa, collendo o lintel de arriba.

Movéndose en silencio, pero con confianza, empuxouse contra a parede.

Afortunadamente, estaba o suficientemente adornado como para que alguén con experiencia non lle tivese demasiada dificultade para subir, a diferenza das lisas paredes da propia vila.

No primeiro andar, xusto cando chegaba ao bordo do tellado plano, quedou conxelado ao escoitar sons desde dentro.

O lugar podería non estar tan baleiro como ela pensara.

"Señor Imp", dixo a voz dunha muller dun xeito obviamente falso de nena, "Non sei se debería mollarme aquí. E se puidese ver certas cousas?"

A forma en que falaba daba a Cassandra a impresión de que podería estar falando cun gato ou outra mascota, e o nome ridículo apoiaba esa teoría.

Pero, en cambio, a voz dun home respondeu:

"Oh, pero prometo que non mirarei nada que non queiras que non vexa".

"Por moito que non fagas nada mal... sería demasiado emocionante!"

Cassandra soltou un suspiro mentres os dous deixaron de falar, e entrou no que presuntamente era un dormitorio.

Non parecían ir ao teito, que era o único que importaba.

Pensou brevemente en escoller outra casa, pero era un pouco tarde para iso.

Coa parella a salvo fóra do alcance do oído, subiu ao cumio do edificio.

O tellado, como tantos outros, era plano, cun muro baixo e unha trampilla pola que se podía descender á propia casa.

Confiaba en que os habitantes se dirixiran á esquina oposta da casa e, con sorte, agora ían durmir, deixándoa a salvo.

Con sigilo case felino, avanzou polo tellado e deitouse no lado que daba á vila, mirando por riba da parede, que só tiña oito centímetros de altura.

Ela estaba na escuridade, e a cidade estaba iluminada; Era improbable que puidesen vela dende alí, aínda que mirasen exactamente na súa dirección, cousa que non tiñan motivos para facer.

Escoitaba risitas dende abaixo, interrompíndose de cando en vez para que a irritante muller fixese algún comentario idiota ou outra cousa.

Agardaba que axiña se calasen, ou, polo menos, que a muller o fixese, porque parecía ser a que máis falaba, xa que, nese caso, mesmo podería ter a oportunidade de escoitar unha conversa dende a vila.

Pero tiña que escoitar con atención, e para iso necesitaba polo menos un pouco de silencio.

Os aventureiros estaban claramente a cear ao aire libre.

No patio tiñan unha mesa grande, con cadeiras ao seu redor, e polas paredes colgaban numerosos farois.

Obviamente remataran de comer, e mentres ela miraba, unha nova criada estaba a limpa-los pratos.

Podería ser un problema; Era probable que estivese na vila aínda cando eles estaban fóra.

Por suposto, non lle sería moi difícil lidiar con el se tivese que loitar contra el, pero iso sería complicar as cousas, e preferiría evitalo se puidese.

Despois de todo, non lle gustaba deixar atrás un rastro de corpos, aínda que ás veces fose necesario.

Había máis xente no patio da que ela sabía que estaba formada o grupo, o que suxire que tiñan hóspedes.

Ela identificou inmediatamente a tres dos aventureiros.

O anano debeu ser Snagg, e Zula a muller trasno.

O home guapo de cabelo escuro e barba curta era seguramente Conan, e tamén era o único que, ademais de Snagg, non levaba algún tipo de uniforme.

Os demais, con todo, foron menos fáciles de precisar.

Tamén buscaba, polo que sabía, unha feiticeira elfa e un paladín humano, ambos mulleres.

Non obstante, por sorte, as seis persoas restantes arredor da mesa incluían catro mulleres, dous elfos e dous humanos, mentres que os outros dous convidados eran homes.

Ela xa podía descartar os homes igualmente, primeiro porque eran homes, e segundo porque ambos ían vestidos cos uniformes da Igrexa de Ymir, o deus da honra, un cabaleiro e outro clérigo.

Tiñan que ser amigos de Lady Yasimina, a paladín e líder do grupo, e ela sabía que non vivían aquí, polo que non eran unha preocupación inmediata.

As dúas mulleres humanas eran de cabelo claro e levaban vestidos elegantes.

Unha tiña que ser a propia Lady Yasimina, pero, polo momento, non sabía cal era cal.

Un dos elfos tiña o pelo longo e louro, e ao outro cortábano preto da caluga, pero non tiña unha descrición suficientemente precisa de Valeria para que iso a axudase.

A súa roupa tampouco serviu de nada, xa que calquera delas podía ser unha meiga...

Estaría Valeria vestida cun traxe tradicional para elfos ou cun simple vestido branco ao máis puro estilo humano?

Non había forma de saber.

"Oooh, señor Imp!" —berrou a muller dende abaixo, evidentemente nun estado de simulacro de shock. "Podes ver os meus pechos! Que carallo estamos facendo?"

Cassandra pechou o puño, desexando que a ridícula muller só calase e terminase.

Á parte das tonterías que falaba, a súa voz só era molesta e penetrante, un chirrido perpetuo e agudo.

Sexa quen fose o 'Mr Imp', o home tiña moi mal gusto polas mulleres.

Intentou concentrarse de novo no grupo de enfrente, pero co ruído da casa debaixo dela, era imposible escoitar nada do que dicían.

O criado quedara na esquina do patio, fóra do círculo, como esperando máis instrucións, pero os outros estaban tomando viño e charlando entre eles.

Era unha noite despexada, cun ceo sen nubes... seguro que os escoitaría se non fose polas interrupcións dende abaixo.

"Oooh, non debes tocarme alí, que sería unha pena!"

O home, que ata este punto estivera en gran silencio, interrompeu coa súa propia interxección.

"Gatiña, chupame o pau!"

Grazas a Deus, pensou Cassandra, mentres esta acción finalmente calou á muller.

Quizais o home se aburrira da súa charla como ela, e pensara nunha forma eficaz de calala.

Cos sons abaixo polo menos temporalmente silenciados, era posible, como ela sospeitaba, escoitar fragmentos da conversación do grupo.

Pronto quedou claro que os convidados non eran aventureiros, senón que tres deles estaban asociados co templo de Ymir.

Dado que iso incluía á muller elfa do vestido branco, a outra elfa tiña que ser Valeria.

Tamén era obvio que Conan estaba coqueteando co elfo de pelo curto, aínda que Cassandra intuía pola súa linguaxe corporal que as cousas non se achegaran moito entre eles.

Aínda así, se tivese unha debilidade polas mulleres, iso podería ser algo que ela podería usar.

Mentres os aventureiros estaban describindo as súas últimas fazañas, pronto quedou claro cal das mulleres humanas era Yasimina.

Non había ningunha pista real sobre a identidade do outro, que non parecía falar moito e parecía un pouco incómodo ás veces.

O máis importante, porén, Cassandra esperaba que puidese obter algunha pista sobre o seu tesouro a partir da historia de como o atopara.

Claramente, había algún tipo de tumba subterránea profunda implicada, no deserto do norte.

O lugar perfecto, supuxo, para atopar algún tipo de obxecto de maxia escura que se axustara á descrición de Lady Gedren.

Se puidese escoitar un pouco máis, entón...

"¿O meu Lord Imp fará o mesmo comigo agora? Estou seguro de que o fará! Como teño algo de humidade entre as coxas, ¿pode o meu Lord Imp pensar en algo que facer para facerme sentir mellor?"

Cassandra apretou os dentes e resistiu o impulso de bater a cabeza contra a parede.

Ou, mellor aínda, baixa e mata o idiota.

Se non fose porque un asasinato chamaría demasiado a atención, non estaba segura de ter a forza para evitar facelo.

Os teus veciños da casa poden incluso agradecerllo.

"Oh, merda, si", dixo a voz do home, seguida dun longo grito de alegría da muller.

Se estivera falando antes, agora era aínda peor.

A súa voz nasal aguda, que soaba como se debería ter roto cristais, alternábase e berraba como unha especie de animal torturado, entre exhortacións ocasionais ao seu amante e o son dunha labazada vigorosa.

Cassandra preguntouse, a xulgar polos sons, se el tamén lle pegaba a ela, aínda que pensaría que o estrangulamento sería unha mellor opción.

O medio demo colleu a cabeza entre as mans e mirou para os outros edificios próximos.

Sería difícil chegar, pero merecería a pena.

Aínda que, estando máis lonxe da vila, quizais non axude moito.

Canto tempo manterán isto estes dous idiotas?

Finalmente, xusto cando comezaba a pensar en formas de matalos que evitarían causar atención non desexada, o home soltou un forte xemido e a parella caeu nun feliz silencio.

Cassandra quitou as mans das orellas e volveu mirar polo balcón.

Por desgraza, os invitados parecían marchar.

Calquera máis información que puidese obter xa desaparecera para sempre.

Quería golpear o teito con frustración, pero iso tería feito un ruído, alertando á parella agora silenciosa de abaixo.

Non había, eu sospeitaba, nada máis que aprender.

Entón, tan rápido e tranquilamente como puido, volveu a escondidas á parede traseira para baixar de novo.

Canto antes saíse de aquí, mellor.

Cando se agachaba, escoitou a voz penetrante por última vez.

"Oooh, carallo, volvemos facelo...?"

CAPÍTULO VIII
ADRIANA

Os ananos levaban en Tarantia o tempo suficiente para construír o seu propio barrio na cidade.

A pesar de ter vivido na cidade toda a súa vida, era unha zona na que Conan raramente estivo.

A diferenza dos elfos, os ananos raramente realizaban maxia, e o espírito unido e prudente da súa cultura daba poucas razóns para visitalos.

De feito, Lady Yasimina probablemente estaba máis familiarizada co distrito que el, debido aos seus blindeiros de calidade.

E con eles estivo Snagg, claro.

Mirando ao redor para os edificios de bloque coas súas pequenas fiestras, case se preguntou por que se ofreceu para vir.

Pero, se obtivesen planos das ruínas debaixo da cidade, o seu coñecemento da historia antiga de Tarantia podería axudar, xunto coa sensación natural de Snagg pola arquitectura e a pedra.

Porén, tamén sentiu que os ananos eran persoas amables, aínda que lonxe da natureza despreocupada e amante da diversión dos elfos, ou mesmo, ata certo punto, dos trasnos.

Era a natureza da súa cultura: eran mestres artesáns, dedicando todo o seu tempo a un traballo dedicado a mellorar a súa arte, sen deixar tempo para a alegría.

Lady Yasimina dirixía o camiño mentres camiñaban polas rúas ananas, dispostas nunha cuadrícula, tan regular e monótona como os edificios que os rodeaban.

Como paladín, probablemente aprobou a entrada dos ananos, e ata Conan tivo que admitir que eran persoas honradas e valentes.

Snagg salvara a súa propia vida máis dunha vez.

A noite anterior, Yasimina convidara a algúns amigos dela do templo de Ymir para unha agradable noite de comida e conversa no patio.

Non falaran da aparente ameaza para a cidade, pero os que estaban no Templo eran aliados potenciais se algunha vez fosen necesarios.

Valeria tamén trouxera unha amiga, chamada Onna, pero el sabía o suficiente das mulleres como para dicir que non se sentía atraída por el.

Porén, de interese máis inmediato, polo menos desde o punto de vista de Conan, a moza elfa protectora do Templo fora moi bonita, ata vestida co branco liso da súa orde.

Era unha mágoa que, sendo unha muller dando os seus primeiros pasos no camiño do paladín, resistise os seus intentos de coquetear con ela.

Polo menos, ela non parecía ofendido, e a esperanza de que algún día acabase con ela entre as sabas non era, pensou, totalmente descabellada.

Pero non é que houbese ningunha posibilidade de que iso aquí, reflexionou.

Mesmo as mulleres ananas que non eran tan cautelosas apenas se achegaron á súa imaxe de compañeira de cama ideal.

***

O seu destino, cando chegaron, era, tivo que admitir, ben distinto dos aburridos edificios que o rodeaban.

Era moito máis alto, con portas dunha altura humana adecuada.

Contramarcos adornados flanqueaban os seus muros, con vidreiras en arco que representaban imaxes de castelos e torres, yunques e martelos.

Sobre a entrada principal estaba un escudo labrado en pedra con coidado exquisito.

Cando os ananos querían mostrar a súa habilidade, certamente podían.

Para iso existía o Gremio de Francmasóns de Tarantia, profesión dominada polos ananos, aínda que tamén con algúns trasnos e humanos.

Aquí, esperaban atopar as respostas que buscaban, coa axuda dalgúns dos contactos de Snagg.

O guerreiro anano, como sabía Conan, non era nativo da cidade, xa que viña das montañas do sur.

Viñera aquí para buscar a súa fortuna, e como parte da banda de aventureiros, xeralmente a atopara.

Pero aínda establecera algúns lazos cos veciños, a pesar dos seus diferentes clans, ao parecer un aspecto importante da cultura anana, polo que el entendía.

Os tres subiron os chanzos e atravesaron as portas que daban ao corredor.

O edificio claramente fora construído pensando en humanos, pero mostraba unha inconfundible atmosfera anana.

O chan do vestíbulo era de mármore pulido, forrado de columnas que se elevaban ata un teito ornamentado semellante a unha caverna.

As tallas de pedra recubrían os muros, mostrando as distintas etapas de construción dun gran edificio, e as varandas das escaleiras do piso superior estaban cubertas de metal brillante.

Un anano que levaba algún tipo de librea gris achegouse ao grupo e falou brevemente con Snagg, antes de desaparecer no edificio.

O trío agardou educadamente, mirando a arte que mostraban os canteiros, ata que o anano de librea regresou con outra persoa e retomou a súa posición á beira da porta.

O recén chegado era outro anano, obviamente un home bastante novo, de cabelo castaño espeso e barba relativamente curta.

Vestía en tons terras sólidos, coas botas pesadas que favorecía a súa raza e uns aneis de ouro e prata nos dedos.

Era evidente que era un artesán próspero, aínda que probablemente demasiado novo para ter aínda o seu propio negocio.

"Snagg!" dixo, estreitando formalmente a man do guerreiro, "Dá gusto verte de novo. Debes presentarme aos teus compañeiros".

"Rimir, estes son os meus compañeiros; Lady Yasimina e Conan, un mago. Yasimina, Conan, este é Rimir, un artesán xefe do Clan de Bardalf."

O guerreiro non puido evitar notar a formalidade do fraseo, aínda que non era demasiado longo e florido.

Aquí había un protocolo claro, pero polo menos non nos aburrimos con el.

"Temos un asunto comercial que discutir, algunha información que pode ter que pode axudarnos".

"Por suposto", respondeu o anano máis novo, "meu pai e eu levabamos un negocio propio, pero xa está case rematado, e podes unirte a nós. Despois poderemos falar do teu propio negocio". Sorriu, claramente un tipo amigable e de mente aberta sobre a súa carreira, e abriu o camiño cara á porta pola que viña.

Ao outro lado da porta había un corredor con varias salas ao seu redor, salas de reunións ao parecer para que os artesáns e os seus clientes tivesen silencio.

Entraron nunha das estancias que, como o resto do edificio, tiñan paredes de pedra labradas con frisos, en lugar de tapices ou paneis de madeira.

Había varias cadeiras, unhas aptas para humanos e outras para ananos, e unha longa mesa con algúns pergamiños.

Unha vidreira cunha imaxe dunha ponte permitía entrar moita luz na habitación.

Nun lado da mesa, de cara á fiestra, había un anano máis vello, de pelo canoso, unha longa barba trenzada e unha grosa pulseira de prata e unha fibela de cinto decorada cun peón que indicaba o seu alto estatus.

Había un mozo anano ao seu lado e cando deixou de mirar para o outro anano, os ollos de Conan foron inmediatamente á terceira persoa da habitación, evidentemente o cliente do artesán.

Parecía ter uns trinta anos e era unha muller humana que levaba un longo vestido azul e verde escuro.

Estimou que era lixeiramente máis alta que a media para os humanos, polo que a súa torre sobrepasaba os ananos da habitación.

Tiña un longo cabelo loiro de area, atado nunha cola de cabalo que se prolongaba ata a metade das costas, e un rostro esvelto con beizos vermellos e ollos azuis.

A súa pel tiña un aspecto pálido e suave, con algunhas pecas pálidas espalladas polos pómulos.

Estaba inclinada sobre a mesa cando chegaron, collendo algúns dos pergamiños, aínda que o corte alto do seu vestido non lle permitía ver máis que o contorno dos seus peitos e a curva das súas cadeiras.

El levantou a vista cando entraron, a súa mirada aparentemente nada máis que simple curiosidade.

"Saúdos", dixo o anano máis vello, de pé, "son Othan das Bardalf, mestre canteiro e arquitecto. Esta", indicou ao anano restante, "é a miña filla Astrid, e esta é a comerciante Adriana, coa que nos ter un negocio na man".

Snagg presentou aos seus compañeiros unha segunda vez, e entón Yasimina avanzou, estreitando brevemente a man de Othan e mantendo a súa propia postura formal.

"Somos aventureiros, mestre canteiro, que recuperamos tesouros perdidos de catacumbas agochadas. Pedimos a vosa axuda nunha cuestión de coñecementos arquitectónicos e cedímonos á vosa pericia".

Conan pensou que todo era un pouco exagerado, pero Othan parecía impresionado.

Parecía que se cumpriron os trámites correctos.

"Por favor, únete a nós", dixo, indicando as cadeiras do lado oposto da mesa.

Á mención dos aventureiros, os ollos de Adriana pareceron abrirse un pouco, e mirou para o grupo, con curiosidade, os seus ollos descansando primeiro en Snagg, e despois no guerreiro.

Parecía que debían permanecer alí un pouco máis do necesario, e ela parecía un pouco quente.

Quizais poida haber algo que gañar desta visita despois de todo, máis aló dun pouco de información...

"Hai..." comezou Adriana, facendo unha lixeira pausa coma se non soubese que dicir, "só algo teño que aclarar, pero non me molesto. ¿Importa que me quede un momento?" Mirou de Othan a Yasimina, pero foi Conan quen respondeu primeiro.

"Para nada", dixo, "non tardaremos moito en rematar".

Yasimina lanzoulle unha mirada perplexa, ata que de súpeto se decatou de cal debía ser a súa razón.

O seu rostro retorceu un pouco, pero non dixo nada, mirando para o mestre albanel.

Cando el tamén deu o seu consentimento, o comerciante humano retirou unha cadeira da mesa e trasladouna ata a parede do fondo, detrás dos ananos, onde ela podía ver aos aventureiros, pero non parecía ser parte directa da discusión.

Sentáronse todos, tres deles a cada lado da mesa.

Adriana estaba sentada preto da fiestra, algo na sombra, pero os ollos da guerreira dirixíronse cara ela por riba das cabezas dos ananos.

Afortunadamente, Yasimina parecía ter toda a súa atención nos negocios, pero sospeitaba que non aprobarían ningún coqueteo neste caso.

De feito, non estaba seguro de como funcionaría o cortexo cos ananos, aínda que sospeitaba que levaría bastante tempo.

"Interésanos a historia pasada da cidade e a súa arquitectura antiga", comezou Yasimina, "en particular, as ruínas subterráneas. Esperabamos obter algún tipo de información sobre elas aquí... como curiosidades históricas, ou como para evitar construír Enriba deles, podería ser que teñan algunha información deste tipo?

"Temos certo coñecemento, por suposto", dixo Othan, "pero esta non é información que normalmente compartimos con persoas de fóra e moito menos con humanos. Esta non é só unha información do gremio, en parte, senón tamén unha cousa do clan... este tipo de o coñecemento é difícil de obter e non se cede facilmente aos nosos rivais".

Conan pensou que estaba sendo un pouco evasivo.

Tiñan algunha idea da ameaza que representaban as ruínas subterráneas, ou polo menos un indicio de que podía haber algo malo alí, algo que non querían discutir con ninguén?

Era posible, polo menos, pero Yasimina era a negociadora do grupo.

Ela e Snagg xuntos deberían poder conseguir o que necesitaban dos masóns ananos.

Se alguén puido facelo, foron eles.

E así, entón atopou a súa mente vagando un pouco, obviamente sobre o tema do comerciante humano.

Adriana sen dúbida parecía un pouco acalorada.

En realidade, ela non parecía estar prestando moita atención á conversación, pero en cambio parecía estar moi centrada nos seus propios pensamentos.

Ela volveu mirar aos aventureiros, e a guerreira estaba bastante segura de que agora parecía emocionada, mentres os seus ollos se abrían involuntariamente e tiña as mans xuntas, coma para evitar revelar o seu interese.

Para Conan, con todo, era bastante obvio.

Os seus ollos pousáronse nos seus por un momento, e el mirou aos seus ollos, antes de varrer deliberadamente para admirar todo o que se podía ver do seu corpo detrás da mesa.

Era delgada, con peitos grandes e altos e pescozo longo.

Era difícil dicilo dende esta distancia, pero pensou ver unhas pingas de suor na súa fronte, debaixo do seu cabelo curto.

Os seus ollos estaban moi grandes e as cellas levantadas, e el estaba seguro de que ela o estaba dimensionando tanto como el.

Entón mirou para o lado, cara a Snagg, quizais para ver se os outros dous notaran o seu interese, pero parecía que non, porque pronto volveu a mirar cara a Conan, a súa expresión agora astuta.

Estaba seguro de que ela estaba a planear un xeito de que estivesen xuntos... só tiña que atopar un xeito de darlle a oportunidade, sen que os ananos se ofendasen polo que estaba a suceder baixo os seus narices.

Suxeitando a súa mirada, ela abriu os beizos e pasou a lingua ao redor deles, dándolle unha mirada distinta de vir aquí.

Agora confiaba en que non malinterpretara ningún dos sinais, non, estaba seguro de que non, xa que tivera moitas posibilidades de facelo, e porque sabía ler ben ás mulleres.

Sorriulle, esperando que entendese a súa aceptación e volveu a atención á conversa.

Despois de todo, podería ser importante.

"Nestas circunstancias..." estaba dicindo Othan, "hai algúns detalles que poderíamos darche, pero aquí non. Mañá á noite, xa que Rimir e máis eu temos que ir a algún sitio antes. Astrid tería que manexar por ti. Pero ". Debes entender que esta é información anana, e só podemos darlla a Snagg. Confiamos no teu criterio, meu amigo," engadiu, volvéndose cara ao guerreiro anano, "pero debes decidir como compartir isto, porque, se é así. é para ti, non estamos a romper ningún lazo, pero debe ser para ti, e só para ti. Confío en que entendas..."

Antes de que puidese responder, Conan quedou sorprendido cando Adriana levantouse de súpeto.

"Decateime de que debo ir", dixo, "Sinto moito a interrupción, pero, en calquera caso, non debería entrometerme máis. Se puidese falar con Astrid antes de ir?"

Othan parecía lixeiramente irritado, pero fixo un aceno á súa filla, e ela ergueuse e camiñou ata o recuncho máis afastado, onde susurrou con Adriana un intre, máis aló do alcance do guerreiro.

Non lle fixera moito caso á muller anana ata agora, xa que non falara unha vez durante a conversación con Yasimina, ou, por suposto, desde que entrara no cuarto.

Parecía novo, aínda que non estaba moi seguro do que iso significaba para un anano.

Levaba un vestido gris-azul cun dobladillo da saia que case arrastraba o chan.

O seu groso colar de prata e ouro, e a pulseira que rodeaba o pulso esquerdo, eran claramente o produto dunha artesanía anana altamente habilidosa.

Era loira, co pelo en trenzas e tiña a pel pálida tan típica da súa raza.

Independentemente da súa complexión fornida e dos seus brazos e pernas bastante grosos, el supuxo que podía ser considerada bastante atractiva, e quizais os homes ananos así o pensaran.

Ocorréuselle que Snagg ía estar só nunha casa con ela esta noite, e coa súa familia lonxe.

Se fora el, e se ela fora humana ou élfica, estaba seguro de como acabaría esta noite.

Pero tal e como estaban as cousas, non podía imaxinar nada.

Os ananos, sospeitaba, perderon ata oportunidades de ouro como aquela, e probablemente por iso Othan non parecía preocupado pola perspectiva.

Estaba máis preocupado polo asunto de que Adriana estaba a piques de marchar sen volver darlle ningún medio de contacto con ela, pero entón deuse conta de que todo o que lle dicía a Astrid facía ruborizar á anana, e mírao.a súa familia, quen afortunadamente estaban mirando para outro lado nese momento, xa que volveran a conversar con Snagg.

Probablemente, pensou, tampouco facía falta moito para que un anano se ruborise, pero cando viu que o comerciante lle entregaba un anaco de pergamiño a Astrid e miraba á súa vez para o propio Conan, xa estaba seguro do que ela lle contara.

Ata a muller anana, ao parecer, foi quen de interpretar o propósito detrás da nota, xa que viu como se sentía avergoñada con só aceptala.

Na súa cultura, as cousas simplemente non se fixeron así.

Despois diso, Adriana marchou, pechando a porta detrás dela e regresando ao salón do clan.

Astrid volveu cara á mesa, coa nota agarrada nunha man detrás das súas costas, onde os demais non podían vela, mentres os seus ollos estaban abatidos e parecían aínda máis reservados que antes.

O que dixera Snagg, ao parecer, recibira a aprobación do anano máis vello, xa que se daban a man, e a conversación volveuse a asuntos máis sociais.

O guerreiro anano, obviamente, coñecía á familia, e agora que o negocio remataba, quería falar diso.

Sen nada máis que distraelo agora, Conan viuse obrigado a escoitar o que lle parecía terriblemente tedioso sobre os clans ananos e os seus asuntos, pero supuxo que o guerreiro anano tiña moi poucas oportunidades de conversar con xente da súa especie, polo que non lle molestaba que agora que tiña a oportunidade de facelo, fíxoo.

Finalmente, todo o mundo levantouse.

Os ananos parecían agora máis amigables e menos formais que antes.

Quizais serían aliados útiles despois de todo.

Cando saíron, Astrid apresuroulle o anaco de pergamiño na man, mirando arredor para asegurarse de que non fora vista.

Despois de marchar, despregou a nota e leuna.

Era o enderezo dunha casa na parte humana da cidade, e coa data de mañá anotada.

***

Snagg chegou á casa do mestre albanel pouco despois do solpor.

Para el, camiñar polas rúas ordenadas do barrio dos ananos era moito máis doado que polas sinuosas rúas do resto de Tarantia, recordándolle un pouco a gran cidade subterránea da súa terra natal.

Non lle estrañara que Othan só aceptara entregar os plans a un compañeiro anano.

Había moitas cousas que non se deberían compartir con persoas de fóra.

Pero, se houbese unha ameaza aquí, tería que facerlle fronte, sen importar o custo.

Sabía que a viaxe sería rápida.

Só tiña que recoller os documentos que tiñan preparados, e despois marchar.

Conan, pola súa banda, marchara cun sorriso tranquilo na cara e non volvería antes do amencer.

Toda a preocupación humana e élfica por tales cousas parecíalle un pouco inapropiada, e era bo estar entre as persoas que sabían mellor que falar sobre tales asuntos.

Astrid, por sorte, entenderíao.

Conan probablemente xa tivese ese tipo de pensamentos sucios sobre o que podería pasar na casa do mestre albanel esta noite, pero se é así, dificilmente podería estar máis equivocado.

Astrid era, sen dúbida, bastante atractiva, pero ela era un pouco nova para el, e de todos os xeitos, habería que ter moito arranxo pola súa parte se quixese cortexala.

Os ananos, a diferenza dos humanos ou dos elfos, simplemente non actuaban así, e era un sinal de confianza que Othan e Rimir nin sequera se molestaran en preocuparse por tales cousas.

Só porque dúas persoas do sexo oposto estivesen xuntas no mesmo edificio non significaba necesariamente que estivesen tentando... ben, procrear.

A casa parecía típica da maioría das outras próximas, pero o ollo experimentado de Snagg podía discernir a máis alta calidade de pedra, como correspondía a un anano da condición e profesión de Othan.

Tamén era algo máis grande, cun tellado de lousa inclinado, sinal da riqueza da familia dos comerciantes.

Chamou á porta e preparouse para anunciar o seu nome e propósito cando Astrid abriu a porta.

Só que non era Astrid; Era Adriana.

Snagg estaba desconcertado e inmediatamente alerta.

Non debería estar con Conan agora?

Ou malinterpretara o que estaba a facer o guerreiro esta noite?

Parecía improbable coñecelo, pero dende logo sempre había a posibilidade de que coñecera a outra banda.

Adriana era obviamente unha amiga de confianza do clan Bardalf, e de Othan en particular, e, de feito, ata escoitara o seu nome antes.

Era unha comerciante que a miúdo traballaba con ananos, axudando a vender as súas mercadorías ao mercado humano, especialmente máis aló de Tarantia.

Entón, polo que sabía, podía confiar nela.

Porén, a súa presenza aquí era estraña, cando menos, e el notara que ela levaba algún tempo dimensionando os aventureiros cando chegaron.

Conan podería pensar que só o estaba mirando, a súa mente ás veces nun só pensamento, pero Snagg tamén se atopou baixo a súa mirada.

Que quería ela realmente?

"Snagg", dixo, "entra. Acabamos de rematar de comer. Encántame a cociña de ananos. Por certo, todos os documentos están listos para ti abaixo. Ou iso me din, ao parecer, non me permiten. velos!"

Parecía plausible, pero dalgunha maneira as súas palabras non parecían do todo certas.

Ela ocultaba algo, pero que?

Só levaba un puñal, xa que non serviu de nada para vagar polas rúas da cidade con armaduras e armas completas, pero era grande e era hábil no seu uso.

Subrepticiamente estresou a man cara a ela, disposto a agarrala se fose necesario, pero con todo entrou na casa.

Estaban rodeados de compañeiros ananos, e esta debería ser unha parte segura da cidade... pero algo estraño estaba pasando, algo que non entendía moi ben.

E, como guerreiro, só había un xeito de prepararse para iso.

No interior, a casa estaba disposta ao típico estilo anano.

A planta baixa estaba afundida lixeiramente por debaixo do nivel da rúa, unha única habitación ocupaba a maior parte do espazo, cunha cociña detrás e unhas escaleiras de caracol de pedra que conducían ao piso superior.

Adriana, porén, dirixiuse inmediatamente ás escaleiras que baixaban, como esperando que o seguise.

Por suposto, as casas ananas, mesmo nas cidades humanas, tiñan sotos substanciais, pero por que non entregar aquí os documentos?

E onde estaba Astrid?

Seguíuna polas escaleiras e inmediatamente notou un cheiro estraño.

Era picante, picante un pouco como o incenso, pero nada que puiden identificar.

A súa man estaba agora no seu puñal, alerta ante o perigo.

Non era o cheiro a orcos, nin nada tan perigoso, de feito, mesmo parecía bastante agradable.

Pero estaba fóra de lugar aquí, e iso era o que lle preocupaba.

"Por aquí", dixo o comerciante, e entrou nunha habitación, coa man aínda sobre o puñal.

Estaba escuro, con só un pequeno braseiro para iluminar, pero os seus ollos estaban naturalmente adaptados á escasa luz, e pronto descubriu os detalles.

Era un dormitorio, ao estilo típico do soto de moitos ananos, onde podían durmir rodeados de rocha sólida.

O máis importante é que Astrid non estaba aquí.

Volveuse, só para descubrir que Adriana pechara a porta, e agora estaba apoiada no interior, bloqueando a única saída.

Cunha man, acendeu unha lámpada de pé nunha mesiña de noite, a luz amarela derramaba pola habitación.

O cheiro era máis forte agora, facéndoo sentir estraño.

O seu cheiro formigoulle o nariz, facéndoo sentir quente, case suado, coma se tivese comido unha comida picante.

Isto empañaba os seus pensamentos, pero non o fixo sentir débil ou enfermo.

De feito, sentíase bastante capaz, enérxico.

"Que está pasando aquí?" Dixo entre os dentes, medio tirando o puñal.

Ela estaba desarmada, e non había ninguén máis no cuarto.

Non sería unha loita difícil, se chegase a iso, e, polo que el sabía, nin sequera era unha maga.

Parecía improbable que estivese intentando atacalo ou encarcelalo, entón cal era exactamente o seu plan?

"Non fai falta o coitelo", dixo Adriana, aínda apoiada na porta, "non corres ningún perigo. Recoñezo que son un pouco deshonesto... pero é o teu amigo Conan quen vai estar decepcionado, non. ti. Agora mesmo, debería estar a recoller os documentos de Astrid, o que, me temo, non foi exactamente o que o levou a pensar que estaría facendo. Eu teríache dado os documentos eu, pero ela realmente insistiu en aguantar. a eles. Aínda que... Ben, ela non llas dá a quen dixo que o faría".

Snagg engurrou o ceño, intentando ignorar o cheiro que agora entendía que tiña que vir do pequeno braseiro.

"Isto non responde á miña pregunta: que fas? Por que me queres?"

"Ah, si", dixo, ruborándose lixeiramente, a non ser que o incenso tamén lle afectase a ela, "esa é a cuestión".

Ela tragou un pouco, e puxo unha man ás costas.

Snagg ríxiuse lixeiramente, pero vira que a seguía polas escaleiras; Non tiña nada agochado alí, a non ser que fose especialmente pequeno.

Unha agulla? Quizais, pero probablemente non moito máis.

"Traballei con ananos durante moito tempo", dixo, aínda sen chegar ao grano: un trazo humano moi molesto. "E desenvolvín un verdadeiro cariño pola túa xente. Non mento cando digo que me gusta a cociña anana, por certo. Pero hai algunha cociña anana que apenas tiven a oportunidade de probar".

Estaba xogando con algo ás costas, pero fose o que fose, non podía velo.

O estraño foi que non parecía agresiva.

Nervioso, quizais, pero aínda máis que iso, emocionado.

O seu ton de voz era case amable, non ameazante.

Snagg realmente non podía entender o seu comportamento en absoluto.

"Os homes ananos son fortes, poderosos, con eses brazos e corpos musculosos", continuou, coa voz de súpeto estrañamente rouca. Que tiña que ver iso con...? e entón o seu pensamento detívose aí, cando se decatou do que facía detrás dela.

Estaba desfacendo os cordóns da parte de atrás do seu vestido.

Ela esvarou un brazo fóra del, e despois o outro, tirou-o cara abaixo sobre as súas cadeiras para atoparse aos seus pés.

Debaixo, levaba unha longa manga branca, case sen mangas, cun profundo escote.

"Agora entendes por que estás aquí?" ela preguntou: "e por suposto, por que necesitaba o engano? Sen el, nunca podería ter a oportunidade".

Podería correr cara á porta, entón, pero tería que apartala do camiño.

E dado que levaba roupa que xa non era totalmente decente, tocala podería darlle unha impresión equivocada.

Ademais, o único que tiña que facer era rexeitar.

Realmente foi así de sinxelo... non?

"Pero... ti es humano", dixo, horrorizado polo seu enfoque temerario. "Non... certamente non con... se coñeces á miña xente, deberías saber isto! É só que..." balbuxou, incapaz de pensar que máis dicir.

"Non me pareces atractivo para nada?" dixo en broma, quitándose os zapatos e adiantándose desde a porta, o esvelto deslizamento aferrándose ás súas curvas e logo inclinándose lixeiramente cara adiante para lucir o escote.

"Non sexas... quero dicir que estás..." intentou protestar, para explicarlle que tiña a forma incorrecta, a altura incorrecta, que tiña a mandíbula demasiado redonda, a cintura demasiado delgada e as extremidades. demasiado longo.

Pero, con aleivosía, comezou a sentir un axitación nas súas entrañas, mirándoa para ela.

As curvas do seu corpo eran diferentes, pero dalgún xeito agradables.

Nunca antes se sentira así cunha muller humana, e non podía imaxinar por que se sentía así agora.

Estaba suando, e o seu puñal esvarou da súa man vacilante, deslizándose de novo na súa vaíña.

Que lle pasaba?

Non se movera de onde estaba, e ela continuou avanzando cara a el.

Agora podía correr arredor dela, pero por algún motivo sentía que non se podía mover.

Non era unha parálise literal, pero a súa mente estaba axitada, incapaz de pensar correctamente.

Ela alcanzouno, parando só uns pasos diante del.

O seu nivel de visión estaba xusto por riba do seu ombigo, o abdome delgado e alongado dunha muller humana.

Mantivo os ollos postos diante, apretando e soltando as mans, tratando de tomar unha decisión sobre como actuar.

Ela axeonllouse, o seu rostro agora máis ou menos nivelado co seu, os seus ollos azuis moi abiertos pola emoción, os beizos lixeiramente entreabertos.

Evitou mirar para abaixo a aquela combinación de escote, e maldiciu a sensación na súa ingle que lle fixo querer facelo.

"Non creo que esteas sendo completamente sincero", dixo, "e non é que hoxe fose o fillo de cartel da honestidade, recoñezo. Pero agora, a ver...".

Ela tende a man cara adiante, acadando o nó da parte superior da súa túnica de coiro acolchada sen mangas, desfacendoa con habilidade e despois empuxándoa cara atrás sobre os seus brazos ata que caia ao chan de pedra detrás del.

Apretou de novo as mans, querendo empurrala, pero non querendo ao mesmo tempo.

Sabía que isto non estaba ben e que podía detela en calquera momento, pero parecía incapaz de facelo.

Ela estaba a levantar a camisa agora, levantándoa sobre o peito, e aínda así el non se resistiu, aínda que sabía que debería facelo.

Ela púxoo sobre a súa cabeza e tirouno, e el deu un paso atrás involuntariamente, coma se o movemento repentino despexara a súa cabeza por un momento.

Pestanexou, mentres unha gota de suor caía polo lado da súa cara.

O cheiro a incienso era... si, seguramente tiña que ser iso, deuse conta de súpeto!

"Un afrodisíaco?" espetou, facendo un aceno cara ao braseiro.

"Ah, si... mira, pensei que podes necesitar un pouco de ánimo. Unha relaxación desas famosas inhibicións dos ananos. Pero non pode facerte facer o que non queres. Se realmente te sentes rexeitado por min, sentirás calor, e iso sería todo o que pasaría".

Os seus ollos percorreron o seu corpo, agora espido de cintura para arriba.

"Realmente es musculoso", dixo, coa voz ronca de novo, "pareces moi masculino, Snagg".

Ela estendeu a man, case con cautela, e acariñoulle o peito, pasando os dedos polo seu cabelo e os firmes músculos dos seus pectorales.

Sentiu medrar a súa erección, agora case esforzándose contra o material firme das tangas dela.

Tiña que resistir, tiña que...

Pechou os ollos, afastando da súa mente a imaxe do seu corpo apenas vestido.

Seguramente, se non respondeu ao seu toque, ela marcharía?

Houbo un ruxir de pano, pero ela non o acariciou de novo, e el mantivo os ollos firmemente pechados.

"Non queres mirar?" Ela dixo, e pese a si mesmo, mirou.

Ela saíra do seu slip, axeonllada ante el e agora non levaba máis que unha roupa interior de seda moito máis curta do que calquera muller anana podería levar.

A súa cintura era delgada, o seu corpo liso e sen pelo, con máis forma de reloxo de area que o dun anano.

Agora os seus peitos colgaban soltos, os pezones rosados completamente inchados.

Os seus ollos centráronse nun puñado de pecas pálidas nos seus ombreiros e na clavícula, despois forzou a súa mirada cara arriba e afastada, cara á súa cara.

"Creo que che gusto, non? E iso non pode ser só o perfume. Non funciona así".

Ela ahuecaba os peitos, pasando as mans por eles, fregando os pezones inchados, mentres os seus ollos traidores observaban cada movemento.

A súa erección sentíase enorme agora, incontrolable.

Seguro que isto tería que rematar pronto?

—Non son... —empezou, tentando explicar, para facerlle ver o inutilidade da situación. "Ti es humano, e eu son un anano. Simplemente non podo!"

"Hmm..." dixo ela, "non me parece así".

De súpeto, ela alcanzou a súa entrepierna, ahuecando a súa erección inchada a través do coiro brando, apertando as súas bolas levemente mentres ela o facía.

Gruñiu involuntariamente, incapaz de axudarse.

O seu pene sentía que quería estourar.

"Non, eu pensei", dixo simplemente.

As palabras estaban máis alá del agora, non se lle ocorreu nada que dicir.

Non había forma de negar que o seu corpo estaba a responder como o faría con calquera muller anana, sen importar a súa vergoña persoal.

Quizais, pensou, ela mentira sobre o poder do perfume afrodisíaco, quizais inspirara pensamentos que doutro xeito non tería unha persoa normal.

Quizais mesmo funcionou de forma diferente na súa propia raza que nos humanos.

No fondo, porén, sabía que iso non era certo.

Permanecía inmóbil, aínda de pé, ríxido, mentres ela desató o cinto, deixándoo caer, co puñal, ao chan.

Os seus dedos alcanzaron o encaixe das súas tangas, e finalmente el moveuse, agarrándolle o pulso.

"Non..." conseguiu dicir, case un graznido.

"Non creo que queiras dicir iso", dixo, "e cheguei demasiado lonxe para desistir agora".

Ela levantou a man esquerda, lentamente, movéndoa ata onde el tiña a outra.

Ela quitou suavemente a man das correas, e esta vez el quedou quieto, os seus ollos observando a súa man coma se estivese fascinado, pero sen facer nada para detela.

Un pouco torpemente, ela desatou o cordón, e a súa man dereita foi liberada do seu agarre xa suado e que se debilitaba rapidamente.

Colleu un lado das súas bragas e, nun movemento, tirounas cara abaixo e tirou a roupa interior ata os xeonllos.

O seu galo xurdiu, por fin libre, emerxendo da espesa masa de pelo púbico.

Ela non dixo nada ao principio, coa vista posta no premio.

Tremía, a culpa e a vergoña subían dentro del, pero incapaz de controlar a poderosa luxuria que sentía.

Ela estendeu a man, e el rosmou a través dos dentes apretados mentres tomaba o seu pene nunha man, deslizando polas súas bólas ata a punta, pasando o polgar sobre o seu prepucio.

"É totalmente de tamaño humano", murmurou ela, "Eu estaba a preguntar como serías ti".

Ela soltouno e ergueuse, levando os seus ollos de novo ao nivel da base do seu peito.

Esta vez levantou a vista, a pesar de si, observando os seus peitos subir e baixar, xusto por riba da altura da súa cabeza.

Con outro movemento rápido, ela quitou a última roupa que lle quedaba, e despois apartouse del, camiñando cara á cama.

Ela subiu a el, apoiándose cara adiante sobre as mans e os xeonllos, os peitos colgando e as nádegas levantadas no aire.

A cama dos ananos era demasiado curta para ela, por suposto, e mesmo nesa posición os seus pés estaban estendidos sobre a base baixa.

O seu traseiro estaba mirando cara a el, e ela separou as súas longas pernas, deixando ver a súa vulva rosada e inchada.

Ela estaba case sen pelo alí abaixo, e podía ver a súa humidade á luz da lámpada.

Ela respiraba pesadamente, os seus peitos movéndose cara arriba e abaixo mentres o facía.

"A porta non está pechada", díxolle, aínda que nunca se lle ocorreu que puidese ser así. "Podes marchar agora, e ninguén o saberá nunca. Ou podes cumprir o meu soño máis salvaxe. Ese", continuou, con un chisco de pesar, "é a túa elección agora".

Mirou para a porta, e a roupa xuntábase arredor dela.

Sería tan fácil botar a roupa de novo e marchar.

Pero nese momento sabía que non quería facelo.

Botou un berro breve e sen palabras, e inclinouse para quitarse as botas, levando consigo a última das súas roupas.

Espido, atravesou correndo o cuarto e saltou ao fondo da cama.

Como se atreve a tratalo así? Agora ía ensinarllo!

Púxose sobre o colchón e mirou para ela as costas, a cola de cabalo parcialmente atravesada polo seu corpo e despois colgando de lado.

Ela virou a cabeza cara a el, mirando cara atrás primeiro para o seu propio rostro, como se avaliase as súas emocións, e despois para o seu pao abultado, agora subindo xusto por riba das súas nádegas.

"Si...", dixo, a palabra case pegada na súa gorxa.

Agarroulle a cintura coas dúas mans, sentindo a suave pel humana, e levantouna ata o nivel dos seus cadros.

Levantáronse os xeonllos para liberarse da cama mentres o facía, e aproveitou para mover os pés sobre a cama, presionando os dedos contra a táboa de madeira como apoio.

"Non te mofas dun guerreiro anano", díxolle con firmeza, "ou sentirás a súa lanza".

Mirou a súa coña húmida, o seu pau palpitante a apenas un centímetro de distancia, e de súpeto tirouna cara a el, empuxando as súas cadeiras cara adiante no mesmo movemento, afundíndose no fondo do seu coño.

Ela berrou, un forte berro de puro pracer.

A súa propia excitación era intensa, a sensación do seu coño suave arredor do seu pene aínda mellor do que el imaxinara.

El sacou, despois meteuse nela unha e outra vez, agarrándolle as cadeiras con forza, metindo os dedos nas súas nádegas redondas.

Adriana soltou un longo xemido propio, cos ollos moi grandes de paixón, a suor pingando pola súa fronte.

Ao principio os seus gruñidos eran sen palabras, case agresivos no seu tenor, pero despois volveu atopar a súa voz.

"Ti... sentirás... o que... significa..." el jadeou, metendo a súa polla inchada unha e outra vez no seu apretado calor, "estar con... un enano... e... un humano... non... poderá... satisfacerte... así... de novo".

Nin sequera estaba seguro de se podía escoitalo, xa que os seus xemidos de pracer eran agora moi altos e prolongados.

El continuou golpeándoa, os brazos e as nádegas musculosos traballando ao unísono para empalala.

Os seus peitos tremían, todo o seu corpo tremía coa forza da súa acción.

As súas pernas estaban tremendo, pero aínda aguantando, presionando con forza contra a cama, mentres o seu gallo entrou e saía do seu coño húmido.

Sentiuse a piques de liberarse e aumentou aínda máis o ritmo do seu bombeo, provocando aínda máis xemidos de éxtase da boca aberta de Adriana.

Finalmente, soltou un vello berro de guerra enano e, cun último empuxe, sentiuse cum, botando o seu cum enano quente na súa débil vaxina humana.

O seu coño convulsionouse, agarrándoo mentres se sacudía nos espasmos do seu propio orgasmo repentino, ata que finalmente ambos se derrubaron nun montón de corpos esgotados e suados.

O CONTO SEGUIRÁ EN:
CONAN O BÁRBAR
TERCEIRA PARTE